经典插图珍藏本

夜莺与玫瑰

(英)王尔德 / 著

张炽恒 / 译

开明出版社

图书在版编目（CIP）数据

夜莺与玫瑰/（英）王尔德著；张炽恒译著.—北京：开明出版社，2018.6（2021.9重印）

ISBN 978-7-5131-4359-2

Ⅰ.①夜… Ⅱ.①王… ②张… Ⅲ.①童话—作品集—英国—近代 Ⅳ.① I561.88

中国版本图书馆 CIP 数据核字（2018）第 081520 号

责任编辑：卓玥

夜莺与玫瑰

作　者：（英）王尔德著　张炽恒译著
出　版：开明出版社
　　　　（北京海淀区西三环北路 25 号　邮编 100089）
印　刷：三河市同力彩印有限公司
开　本：880×1230　1/32
印　张：6.5
字　数：119 千字
版　次：2018 年 6 月第 1 版
印　次：2021 年 9 月第 3 次印刷
定　价：46.00 元

印刷、装订质量问题，出版社负责调换。联系电话：（010）88817647

为孩子们写的译序

童话。安徒生童话,格林童话,还有……对了,还有王尔德童话。嗯……好像课文里有他的《快乐王子》?对,那是王尔德童话里的一篇。王尔德总共写了九篇童话,都在这本书里了,你很快就会读到。

为什么王尔德童话不如安徒生童话名气大呢?是不是因为不够好,或者因为王尔德写得太少?啊,不是的。王尔德童话足以跟安徒生童话媲美,而且虽然只有不到十篇,却每一篇都是瑰宝。

那是因为有的大人会有一种看法:王尔德童话里面蕴含的东西太多了,小孩子是看不明白的。

他们错了。

要知道,孩子经常比大人更能看清事物,因为孩子的心地最干净，孩子的眼睛最明亮，还有，孩子的感觉比大人敏锐得多。再说，孩子是会一年一年长大的，可以过几年再读一遍，每次重读都有新的发现、新的喜悦，那不是很好么？

要知道，几乎所有最好的儿童文学作品，都是同时受到儿童和成年人喜爱的，只不过王尔德的童话比较特别，特别让人觉得大人也应该读。他自己也说过，他的作品"不只是为了儿童，也是为了18岁到80岁之间所有充满童真的人"。

王尔德（Oscar Wilde，1854—1900）出生于爱尔兰的都柏林，是英国一个大作家、大戏剧家、大才子[①]，也是世界文学史上最重要的作家之一。他用纯正精致的文字来创作，他的作品瑰丽华美……"他是唯美主义作家！"假如这会儿你抽空去网上查找过他，你一定会这样说。

是的，王尔德是所谓"唯美主义"作家，但王尔德的童话并非唯有美。除了无与伦比的美之外，爱和悲悯同样是他的作品的魅力之源。你甚至还会感觉到一点淡淡的忧伤，很美的忧伤。当然了，故事本身很棒很棒，因为王尔德是大戏剧家，特别善于讲故事。另外，王尔德还能将美和讽喻完美地结合在一起，这是很少见的。

你也许会说："最后一个问题：你为什么要重译王尔德

[①] 整个19世纪和20世纪初，爱尔兰属于英国，所以通常认为王尔德是英国作家。

童话呢?"我的回答是:"我想比别的译本做得更好些,尽量更好地还原王尔德的精致和美。"

接下来该你自己慢慢读了。希望你读完以后会感到比较满意。

张炽恒

2013 年 9 月 10 日于上海奉贤海湾

| 夜莺与玫瑰 | 目　录 |

[快乐王子和其他故事] 001

　　快乐王子　/ 002

　　夜莺和玫瑰　/ 018

　　自私的巨人　/ 029

　　忠实的朋友　/ 038

　　非凡的火箭　/ 056

[石榴之家]

　　少年国王　/ 076

　　公主的生日　/ 098

　　渔夫和他的魂灵　/ 127

　　星孩儿　/ 176

快乐王子和其他故事

快乐王子

快乐王子的雕像矗立在一根高高的圆柱上,俯瞰着城市。他全身贴满了薄薄的纯金叶子,眼睛是两颗明亮的蓝宝石;一颗大大的红宝石镶在他的剑柄上,闪耀着熠熠的光芒。

他确实很受崇拜。"他像风信标一样美,"一位市议员评论道,他希望得到一个艺术品味高的名声;"只是不太实用,"他又加了一句,因为他怕别人认为他不切合实际,其实他并不是一个不实际的人。

"你为什么不能像快乐王子一样呢?"一位通情达理的母亲问她那个哭着要月亮的小男孩,"快乐王子从不哭哭啼啼地,梦想着要一样东西。"

"我真高兴,这世界上有一个人十分快乐,"一个失意的人凝望着这座美妙绝伦的雕像,咕哝道。

"他的模样就像天使，"慈善堂的孩子们说，他们正从大教堂里出来，一个个披着鲜艳的绯红色斗篷，系着洁白的围裙。

"你们是怎么知道的呢？"数学老师说，"你们又没有见过天使。"

"啊！我们见过的呀，在梦里，"孩子们回答说；数学老师皱起了眉头，表情很严厉，因为他不赞成孩子们做梦。

一天夜晚，一只小燕子飞过城市上空。六个礼拜之前，他的朋友们就已经离去，飞往埃及。但他落在了后面，因为他爱上了最美丽的那根芦苇。早在春天他就遇见了她，当时他正跟着一只大黄蛾，沿着河流向前飞，却被她纤细的腰肢吸引住了，就停下来和她说话。

"我可以爱你么？"燕子说，他喜欢单刀直入。芦苇对他深深地鞠了一躬，于是他绕着她飞了一圈又一圈，用翅膀点着水，激起一圈圈涟漪。这是他的求爱方式，就这样他求了一整个夏天。

"这种爱恋很荒唐，"别的燕子啾啾地评论道，"她没有钱，亲戚又太多。"确实，河边长满了芦苇。然后，秋天来了，他们全都飞走了。

他们走后，他觉得寂寞了，开始对他的情人感到厌倦。"她不说话，"他说，"恐怕她是个荡妇呢，因为她总是同风儿调情。"当然，一有风吹来，芦苇就会行起最优雅的屈膝礼。

"我承认她爱家,"他接着说,"但是我爱旅行,因此,我的妻子也应该爱旅行。"

"你愿意跟我走么?"他终于这样对她说。但是芦苇摇摇头,她太恋家了。

"那你是一直在玩弄我啰,"他嚷道,"我要离开这里,去看金字塔了,再见!"他飞走了。

他飞了一整天,晚上来到了这座城市。"我在哪儿歇脚呢?"他说,"希望这个城市为我准备好了住处。"

这时他看见了高高的圆柱上的塑像。

"我就在那儿歇脚,"他嚷道,"位置好,空气新鲜。"于是他飞下去,正好落在快乐王子的两脚中间。

"我有了一间黄金的卧室,"他一边环顾四周,一边轻轻地对自己说。他准备睡觉了,但他正准备把头埋到翅膀下面去时,一大滴水落在了他身上。"多么稀奇的事!"他嚷道,"天上一片云彩也没有,星星十分地清澈明亮,居然会下雨。北欧的天气真是糟透了。芦苇总是喜欢下雨,但那只是因为她自私的缘故。"

又一滴水落下来。

"一座雕像如果不能挡雨,那它还有什么用呢?"他说,"我得另找一个好的烟囱顶管。"他决定飞走。

但他还没来得及张开翅膀,第三滴水落了下来。他仰起头,看见——他看见了什么呢?

快乐王子的眼睛里噙满了泪,泪水正顺着他金色的脸颊往下淌。月光下,他的脸那么美,让小燕子对他充满了同情。

"你是谁?"他说。

"我是快乐王子。"

"那你为什么哭呢?"燕子问,"你把我淋湿了。"

"当我活着并且有一颗人心的时候,"雕像答道,"我不知道眼泪是什么,因为我住在无忧宫里①,那里面忧愁是进不去的。白天我和同伴们在花园里玩耍,晚上我在大殿里领舞。花园周边围着一道巍峨的高墙,我却从没有想到要问一问,墙外是怎样的一个天地,我眼前的一切都那么地美。大臣们叫我快乐王子,我确实很快乐,如果高兴就是幸福的话。我就这样活着,这样死去。我死了,他们就把我放在这儿,这么高,我的城里的一切丑恶和苦难都收进了我的眼底。虽然我的心是铅做的,我也忍不住只能哭出来。"

"什么!他不是纯金的?"燕子暗自思忖道。他非常有礼貌,不会把个人的评论大声说出来。

"远处,"雕像用低低的、音乐般的声音说道,"在远处一条小街上,有一户贫苦的人家。一扇窗开着,透过它我看得见一个女人坐在桌旁。她的脸消瘦憔悴,双手粗糙发红,布满了针眼,因为她是个裁缝。她正在一件绸缎礼服上绣西

---

① 无忧一词原文为法语,Sans-Souci。——译者注

番莲花，那是王后最可爱的侍女要在下一次宫廷舞会上穿的。房间角落里一张床上，躺着她生病的儿子。他发烧了，想要吃柑橘。他母亲除了河水之外，没有东西可以给他，所以他在哭。燕子，燕子，小燕子，你愿意把我剑柄上的红宝石送过去给她么？我的脚固定在这基座上，我动不了。"

"埃及有人在等我，"燕子说，"我的朋友们正沿着尼罗河飞来飞去，和那朵大莲花谈话。不久，他们就要到那个伟大国王的坟墓里去睡眠。国王本人在里面，躺在彩绘的棺木中。他裹在黄色的亚麻布里，身上涂了防腐的香料。他的脖子上围着一根淡绿的翡翠项链，他的双手像枯萎的树叶。"

"燕子，燕子，燕子，"王子说，"你就不肯陪我一夜，做一回我的使者？那男孩那么渴，他的母亲那么悲伤。"

"我认为我不喜欢男孩，"燕子答道，"去年夏天，我待在河上的时候，有两个粗野的男孩，磨坊主的儿子，老是向我扔石头。当然，他们从来不曾打中过我。我们燕子飞翔的本领太高了，不可能被打中的。此外，我出身于一个以敏捷闻名的家族。不过，那仍然给人一种无礼的印象。"

可是快乐王子的神情那么悲哀，小燕子觉得很难过。"这儿天气非常冷，"他说，"但我愿意陪你一夜，做一回你的使者。"

"谢谢你，小燕子，"王子说。

于是燕子从王子的剑柄上啄下那一大块红宝石，衔在嘴里，腾空而起，从一片片屋顶上方，飞向远处。

他飞过大教堂的塔楼，塔楼上有白色大理石的天使雕像。他飞过王宫，听见王宫里有跳舞的声音，看见一个美丽的姑娘和她的情人走到外面的阳台上来。"星星多么神奇哟，"他对她说，"爱的力量多么神奇！"

"希望我的礼服能及时做好，赶上豪华舞会，"她回应道："我叫人在上面绣西番莲花，可是那些裁缝懒得很。"

他从河流上空飞过，看见船桅上挂着灯笼。他飞过犹太人居民区，看见一些年老的犹太人在互相讨价还价，用铜天平称钱币。最后他来到那户贫苦的人家，向屋子里望去。那男孩发着烧，在床上翻来覆去；他母亲趴在桌上睡着了，她太累了。他跳进窗里，把那一大块红宝石放在桌上那女人的针箍旁边。然后他绕着床，轻轻地飞着，用翅膀给男孩的额头扇风。"好凉快，"男孩说："我一定是好些了。"他沉入到怡悦的睡眠中去了。

燕子飞回到快乐王子身边，向他叙说了自己做过的事。"真奇怪，"他发议论道，"天这么冷，我却感到十分暖和。"

"那是因为你做了一件好事，"王子说。小燕子动起脑筋来，然后就睡着了。他总是一动脑筋就要睡觉。

天光破晓之后，他飞下河去洗了个澡。"一个多么异常的现象，"鸟类学教授从桥上走过，看见后说道，"冬天居然有一只燕子！"他就此写了一封长信，寄给当地的报纸。

人人都来引用这篇文章,虽然里面有那么多字眼他们并不理解。

"今晚我就动身去埃及,"燕子说,这前景让他精神振奋。他参观了城里各处的纪念性公共建筑,还在教堂的尖顶上栖息了很长时间。无论他飞到哪儿,麻雀们都唧唧地喧嚷起来,互相议论道:"这是一位多么显贵的异乡人!"因此他感到非常得意。

月亮升起来之后,他飞回到快乐王子身边。"你在埃及有什么事要代办么?"他喊道,"我马上就要动身了。"

"燕子,燕子,小燕子,"王子说,"你就不肯再陪我一夜么?"

"埃及有人在等我,"燕子说,"明天我的朋友们要飞到第二大瀑布去。那儿河马卧在宽叶香蒲中间,门农神[①]坐在巨大的花岗岩上。他整夜守望着繁星,每当晨星闪亮时,他就发出一声快乐的大叫,然后就沉静了。正午时分,黄色的狮子们到河边来饮水。它们的眼睛像绿色的绿柱石,它们的吼声比瀑布的声音还要大。"

[①] 门农为古希腊神话中的埃塞俄比亚人之王,在特洛伊战争中为希腊最伟大的英雄阿基里斯所杀,死后主神宙斯赐其永生。此处指的是古埃及底比斯附近一座巨大的石像,每天日出时发出竖琴声,公元170年经罗马皇帝修复后不再发声。——译者注

"燕子，燕子，小燕子，"王子说，"我看见远远地在城市另一头，有一个住在阁楼里的年轻人。他埋着头坐在一张堆满纸的桌子跟前，身旁的大玻璃杯里插着一束枯萎的紫罗兰。他有一头棕色的鬈发，他的嘴唇像石榴一样红艳。他在为剧院的导演完成一个剧本，但是他太冷了，无法再写下去。炉子里没有火，饥饿使他晕眩。"

"我就再等一夜，陪陪你，"燕子说，他的心肠真好，"我给他也送一颗红宝石去？"

"唉！我已经没有红宝石了，"王子说，"我剩下的宝物就只有我的一双眼睛。它们是用稀有的蓝宝石做的，一千年前从印度出产。取下我一只眼睛，给他送去，他就可以把它卖给珠宝商，买来食物和木柴，完成他的剧作。"

"亲爱的王子，"燕子说，"我不能那么做。"他哭起来。

"燕子，燕子，小燕子，"王子说，"照我的要求去做吧。"

于是燕子摘下王子的一只眼睛，起身向着大学生住的阁楼飞去了。房顶上有个洞，很容易进屋；他就扎下去，进了阁楼。年轻人用手抱住头，所以他没有听见鸟儿的翅膀振动的声音；他抬起头来时，看见了枯萎的紫罗兰旁边那颗美丽的蓝宝石。

"我开始得到赏识了，"他嚷道："这是一个眼力非凡的仰慕者送来的，现在我可以完成我的剧作了。"他露出了十分快乐的表情。

第二天燕子到港口去飞了一圈。他栖息在一艘大船的桅杆上,看着水手们用绳子把许多大箱子从船舱里拽出来。"嗨哟——拉!"每一只箱子上来时他们都这样喊着号子。"我要去埃及了!"燕子大声说,但是没有人留意他。月亮升起后,他又飞回到快乐王子身边去了。

"我是来和你告别的,"他大声说。

"燕子,燕子,小燕子,"王子说,"你就不肯再陪我一夜么?"

"已经是冬天了,"燕子答道,"这儿不久就要下寒冷的雪。在埃及,温暖的阳光照在碧绿的棕榈树上,鳄鱼躺在泥淖里,懒洋洋地望着四周。我的伙伴们正在巴尔贝克神庙①里筑巢,粉红色和白色的鸽子在望着他们,一边还咕咕地互相交谈着。亲爱的王子,我必须离开你了,但我永远不会忘记你。明年春天,我会带回两颗美丽的珠宝,代替你送掉的两颗。新的红宝石会比红玫瑰还要红,新的蓝宝石会像大海一样蓝。"

"在下面的广场上,"快乐王子说,"站着一个卖火柴的小女孩。她不小心把火柴掉在阴沟里,全都糟蹋了。如果她不带点钱回去,她父亲会打她。她正在哭,她没有鞋也没

---

① 巴尔贝克含有太阳的意思,为古埃及城市,现位于黎巴嫩境内,巴尔贝克神庙仍存在。——译者注

有袜子,她的小脑袋上没有帽子。摘下我另一只眼睛给她,她父亲就不会打她了。"

"我会再陪你一夜,"燕子说,"但我不能摘你的眼睛。那样你就完全变成瞎子了。"

"燕子,燕子,小燕子,"王子说,"照我的要求去做吧。"

于是他摘下王子的另一只眼睛,衔着它俯冲下去。他从小女孩身边掠过,把宝石丢在她的掌心里。"多可爱的一块玻璃啊,"小女孩嚷道,欢笑着跑回家去了。

燕子回到王子身边。"现在你成瞎子了,"他说,"所以我要永远陪着你。"

"不,小燕子,"可怜的王子说,"你必须走,去埃及。"

"我要永远陪着你,"燕子说,然后在王子脚边睡着了。

第二天,他栖息在王子的肩头,给王子讲他在一些奇怪的国家里见过的事情。他说到红色的朱鹭,那种鸟在尼罗河岸上站成长长的一排一排,用他们的喙捉金鱼。他说到斯芬克斯[①],它和世界本身一样老,住在沙漠里,无所不知无所不晓。他说到商人,他们在骆驼旁边慢慢地走着,手里攥着

[①] 埃及开罗市西侧有一座著名的斯芬克斯像。斯芬克斯是希腊神话中的狮身人面兽,它有一个谜语,谜面是:"早晨用四只脚走路,中午用两只脚走路,傍晚用三只脚走路。"要每一个过路人猜,猜不中的人会被它吃掉。谜底是"人"。——译者注

琥珀念珠。他说到月亮山①的国王，他像乌木一样黑，崇拜一颗大水晶。他说到睡在棕榈树上的绿色巨蟒，有二十位僧侣用蜜糕喂它。他说到俾格米人②，他们坐在扁平的大树叶上驶过大湖，老是和蝴蝶打仗。

"亲爱的小燕子，"王子说，"你讲了许多奇事，但比一切更奇的，是男男女女所受的苦。没有事物比苦难更不可思议。在我的城里到处飞一圈，小燕子，然后告诉我你看到的事。"

于是燕子飞到这大城的上空，看见富人们在他们漂亮的宅子里寻欢作乐，而乞丐却坐在门外。他飞进阴暗的小巷，看见饥饿的孩子们探出苍白的小脸，无精打采地望着污秽的街道。在一座桥的桥拱下，有两个小男孩互相依偎着取暖。"真饿呀！"他们说。"你们不要躺在这儿，"巡守人吼道，他们只好从桥洞里出来，漫无目的地走进雨中。

燕子就飞回去，把看到的事说给王子听。

"我身上贴满了纯金的叶子，"王子说，"你把它们一片一片揭下来，送给我的穷人们；活着的人，总是认为金子

---

① 即月球山脉，它是尼罗河的源头，在非洲国家乌干达境内。——译者注

② 古代传说和历史所述中的居住在埃塞俄比亚和印度的矮人。——译者注

能让他们快乐。"

燕子把纯金叶子一片一片揭下来,最后快乐王子成了一副灰暗呆滞的模样。燕子把纯金叶子一片一片送去给穷人,孩子们的脸变红润了,他们欢笑着在街上玩耍。"我们现在有面包了!"他们嚷道。

然后下雪了,雪过后是霜冻。一条条大街看上去就像银子铺成的一样,亮晶晶的,闪烁着白光;长长的冰棱如同水晶的短剑,悬挂在屋檐上;在街上走动的人一个个全都穿着皮衣,小男孩们戴着绯红色的帽子,在外面溜冰。

可怜的小燕子越来越冷,但他不愿离开王子,他太爱他了。他乘面包师不注意的时候,在面包店门口捡面包屑吃,拍动翅膀来保持身体暖和。但是最后他知道,他就要死了。他的力气刚够他最后一次飞到王子的肩头。"再见,亲爱的王子!"他喃喃地说,"我可以吻一吻你的手么?"

"我很高兴你终于要去埃及了,小燕子,"王子说,"你在这儿耽搁太久了,不过你得吻我的嘴,因为我爱你。"

"我要去的不是埃及,"燕子说,"我要去死神的寓所了。死神是睡神的兄弟,不是么?"

他吻了快乐王子的嘴唇,掉到他脚下,死了。

就在这一刻,雕像内部响起了一种奇特的喀嚓声,好像有什么东西破裂了。事实就是,那颗铅心碎成了两半。那确实是一个冷得可怕、冻得要命的冬天。

第二天一大早,在市议员们的陪同下,市长在雕像下面的广场上散步。经过圆柱时,他抬起头来看看雕像:"天哪!快乐王子的模样多么寒酸哟!"他说。

"确实是太寒酸了!"市议员们嚷嚷道,他们一向都赞同市长的意见的。大家都抬起头来看。

"他剑上的红宝石掉了,他的眼睛不见了,他身上的金子没有了,"市长实事求是地说,"他比乞丐好不了多少哟!"

"比乞丐好不了多少!"市议员们说。

"他脚下居然还有一只死鸟!"市长接着说道,"我们确实有必要颁布一项声明,禁止鸟儿死在这个地方。"这个提议市府秘书动笔记了下来。

于是他们推倒了快乐王子的雕像。"他既然不再美丽,就不再有用了,"大学的艺术教授说。

然后他们把雕像放到炉子里去熔化。市长召开了一次市政会议,讨论决定得到的金属派什么用途。"我们得新建一座雕像,"他说,"该是我的雕像。"

"该是我的雕像,"每一位市议员都说,他们争吵起来。我最近一次得到的消息说,他们仍然在争吵不休。

"多么奇怪的事情!"铸造厂的监工说,"这颗破裂的铅心在炉子里化不掉。得把它扔了。"于是他们把它扔到了一个灰堆上,正好死去的燕子就躺在那儿。

"把那城里最宝贵的两样东西拿上来给我,"上帝对天使说。天使就给他拿来了铅心和死鸟。

"你的选择是对的,"上帝说,"因为在我的花园里这只小鸟将永远歌唱,在我黄金的城里快乐王子将对我赞美和颂扬。"

夜莺和玫瑰

"她说,如果我送她红玫瑰,她就和我跳舞,"年轻的大学生嚷嚷道,"但是我的整个花园里一朵红玫瑰也没有。"

夜莺在圣栎树上的巢里听见了,透过树叶向外面窥望着,心里面很好奇。

"整个花园里没有一朵红玫瑰!"他嚷道,漂亮的眼睛里含着泪水,"幸福竟维系在这么小的事情上!我读过所有智者写的书,掌握了所有的哲学秘密,却因为缺少一朵红玫瑰,人生陷入了不幸。"

"终于看到一个真爱的人了,"夜莺说,"虽然先前我并不认识那样一个人,我却一夜又一夜地歌唱他,向星星讲他的故事,现在我终于见到他了。他的头发像风信子的花一样黑,他的双唇像他想往的红玫瑰一样红,但是激情使他的脸苍白得如同象牙,忧伤在他的眉宇间烙下了印记。"

"明晚王子要开舞会,"年轻的大学生喃喃地说,"我的爱人会去参加。如果我带一朵红玫瑰送给她,她就会和我跳舞到天明。如果我带一朵红玫瑰送给她,就能搂着她,让她的头靠在我肩上,把她的手捏在我手里。但我的花园里并没有红玫瑰,所以到时候我会坐冷板凳,她从旁边走过,对我不理不睬。她会不留意我的存在,我会心碎。"

"倒确实是个真爱的人呢,"夜莺说,"我所歌唱的,正是他受苦的;我心目中的欢乐,对他而言是痛苦。爱真是神奇哦。它比翡翠更珍奇,比圆润的蛋白石更昂贵。用珍珠和石榴换不来它,市场上觅不着它,从商人那儿买不到它,也不能把它放在天平上称了,兑成金子。"

"乐师们会坐在他们的廊台里,"年轻的大学生说,"用他们的弦乐器演奏,我的爱人会随着竖琴和小提琴的乐声起舞。她的舞姿会是那么的轻盈,仿佛双脚没有挨到地板似的。身穿华丽礼服的大臣们,会簇拥在她周围。但她不会和我跳舞,因为我没有红玫瑰给她。"他扑倒在草地上,双手蒙住脸,哭泣着。

"他为什么哭呢?"一条绿色的小蜥蜴竖着尾巴从他身边跑过去,问道。

"真是的,哭什么呢?"一只蝴蝶追着一束阳光飞舞着,说道。

"真是的，哭什么呢？"一支雏菊用柔柔的、低低的声音，悄悄地对邻居说。

"他哭，是因为想要一朵红玫瑰，"夜莺说。

"想要一朵红玫瑰？"他们嚷道；"多荒唐哦！"喜欢冷嘲热讽的小蜥蜴，毫不顾忌地大笑起来。

但是夜莺知晓大学生心里的忧伤，她静静地栖在橡树上，思索着爱的神秘。

突然她展开棕色的翅膀，嗖地飞到了空中。她像影子一样掠过小树林，又像影子一样滑翔着穿过了花园。

草坪中央站着一棵美丽的玫瑰树，她看见后飞到它上空，栖落在一根小花枝上。

"给我一朵红玫瑰，"她大声说道，"我会为你唱我最甜美的歌。"

但是玫瑰树摇摇头。

"我的玫瑰是白色的，"它答道，"像大海的泡沫一样白，比高山上的积雪还要白。去看看我长在老日晷旁边的兄弟吧，也许他会给你想要的东西。"

于是夜莺飞到了长在老日晷旁边的玫瑰树跟前。

"给我一朵红玫瑰，"她大声说道，"我会为你唱我最甜美的歌。"

但是玫瑰树摇摇头。

"我的玫瑰是黄色的，"它答道，"像坐在琥珀宝座上

的美人鱼的头发一样黄，比刈草人带着长镰来到之前，盛开在草甸子上的水仙花还要黄。去看看我长在大学生窗下的兄弟吧，也许他会给你想要的东西。"

于是夜莺飞到了长在大学生窗下的玫瑰树跟前。

"给我一朵红玫瑰，"她大声说道，"我会为你唱我最甜美的歌。"

但是玫瑰树摇摇头。

"我的玫瑰是红色的，"它答道，"像鸽子的脚一样红，比海洋的巨穴中不断拂动的珊瑚巨扇还要红。但是冬天冻住了我的脉管，冰霜啮去了我的花蕾，风暴摧折了我的树枝，今年一整年，我都不会开玫瑰花了。"

"我只要一朵红玫瑰，"夜莺大声说，"一朵红玫瑰就行了！就没有办法得到这一朵玫瑰了么？"

"倒是有一个办法，"玫瑰树答道，"但是太可怕了，我不敢告诉你。"

"告诉我吧，"夜莺说，"我不害怕。"

"你若想要一朵红玫瑰，"玫瑰树说，"就必须在月光下用音乐把它造出来，并且用你自己心中的血把它染红。你必须胸脯顶着我一根刺，对我唱歌。你必须对我唱一整夜，那根刺必须刺进你的心，让你的生命之血流进我的脉管，变成我的血液。"

"为了一朵红玫瑰付出生命，这代价太大了，"夜莺嚷道,"对于任何人,生命都是非常宝贵的。憩息在郁郁葱葱的树林里,看太阳驾着他那黄金的战车,看月亮赶着她那珍珠的战车,是一件多么愉快的事。山楂的气息是那么的芬芳;在山谷里隐匿着的蓝莓,在小山上开着花的石南,都那么的香甜。可是爱比生命更重要,而且,鸟儿的心和人的心相比,算得了什么呢?"

于是她展开棕色的翅膀,嗖地飞到了空中。她像影子一样掠过小树林,又像影子一样滑翔着穿过了花园。

年轻的大学生仍然躺在草地上,仍然在她离开时他待的地方。他的美丽的眼睛里,泪水还没有干。

"快乐些,"夜莺大声说,"快乐些,你会得到你想要的红玫瑰的。我会在月光下用音乐把它造出来,并且用我自己心中的血把它染红。我只要你一个回报,那就是做一个真爱的人。因为,虽然哲学有智慧,爱却比哲学更有智慧;虽然权力很有力量,爱却比权力更有力量。爱的翅膀是火焰的颜色,爱的躯体也是火焰的颜色。爱的唇像蜜一样甜,爱的呼吸像乳香一样。"

大学生从草地上仰望着,倾听着,但他听不懂夜莺对他所说的话,因为他只知道书本上写下的东西。

但橡树是听得懂的,因为他非常喜爱小夜莺,她的巢就筑在他的树枝上。

"最后唱一次歌给我听吧,"他悄声说道,"你去了以后,我会感到很孤独的。"

于是夜莺对着橡树唱起来,她的声音宛若银罐里沸腾的水声。

她唱完后,大学生站起来,从口袋里掏出一个笔记本、一支铅笔。

"她有形体,"他一边从小树林里往外走,一边对自己说,"这不可否认;可是她有感情么?恐怕不会有吧。其实,她跟所有的艺术家一样;她气派十足,却没有丝毫真诚。她不会为别人牺牲自己。她心里想着的只有音乐,人人都知道,艺术家是自私的。不过还是必须承认,她的声音里有些美丽的调子。只可惜它们没有任何意义,也没有一点实际的用处。"他走进自己的房间,躺在简陋的小床上,开始思念他的爱人;过了一会儿,睡着了。

月亮照耀在天上的时候,夜莺飞上玫瑰树,将胸脯顶在一根刺上。她将胸脯顶在刺上,歌唱了一整夜,清冷的、水晶般的月亮俯身倾听着。她歌唱了一整夜,胸脯顶在刺上,刺越扎越深,她身体里的生命之血越流越少。

起初她歌唱的是一双少男少女心中爱情的诞生。玫瑰树最顶端的小树枝上开出了一朵奇妙的玫瑰,随着一支歌接一支歌地唱,那朵花一个花瓣接着一个花瓣地开。起初是浅白的,宛若悬浮在河面上的雾,如同晨光女神的双足一样苍白,像黎明女神的翅膀一样泛着银光。玫瑰树最顶端那根小树枝上开放的玫瑰哦,宛若银镜中的玫瑰镜像,宛若一池碧水中倒映的玫瑰花影。

但是玫瑰树叫夜莺把胸脯在刺上顶紧些。"顶紧些,小夜莺,"玫瑰树嚷道,"否则玫瑰花还没有开完,白昼就来临了。"

于是夜莺把胸脯更紧地顶在刺上,她唱得越来越响亮,因为现在,她在唱一对青年男女灵魂里激情的诞生。

玫瑰的花瓣上呈现出了娇美的红晕,就像新郎吻新娘的唇时,新郎脸上的红晕一样。但是刺还没有抵达夜莺的心,所以玫瑰的心仍然是白的,因为只有夜莺心中的血,才能把玫瑰的心染红。

玫瑰树叫夜莺把胸脯在刺上顶紧些。"顶紧些,小夜莺,"玫瑰树嚷道,"否则玫瑰花还没有开完,白昼就来临了。"

于是夜莺把胸脯更紧地顶在刺上,刺触到她的心,顿时一阵剧烈的刺痛穿透了她的全身。她痛得越厉害越厉害,她的歌声就越激昂越激昂,因为现在,她唱的是死神使之完美的爱,在坟墓里也不死的爱。

那朵奇妙的玫瑰变成了绯红色,就像东方玫瑰色的朝霞。环绕花心的花瓣是绯红的,玫瑰花心红得像红宝石。

但是夜莺的声音越来越弱了,她的小翅膀开始扑扇,一层薄翳罩上了她的眼睛。她的歌声越来越微弱,她感觉到有什么东西堵在了喉咙口。

然后她迸发出了最后的歌声。洁白的月亮听到这歌，忘记了黎明已经来到，依然羁留在天上。开放的红玫瑰听到这歌，在狂喜中浑身颤抖起来，张开了花瓣迎向清冷的晨风。回音将这歌带回到她紫色的山洞里，把熟睡的牧羊人从梦中唤醒。它飘荡着从河边的芦苇丛中穿过，芦苇把它的消息带向了大海。

"看呐，看！"玫瑰树喊道："玫瑰花已经开完了。"但是夜莺没有答话，因为她躺在长长的青草上，已经死了，她的心上扎着那根刺。

正午时分，大学生打开窗户，向外面看。

"哇，多么好的运气！"他嚷道，"这儿有一朵红玫瑰！我一辈子都从没见过这样一朵玫瑰呢。太美了，我敢肯定，它一定有一个很长的拉丁文名字。"他俯下身去，把玫瑰摘了下来。

然后他戴上帽子，手里拿着玫瑰，向教授家跑去。

教授的女儿坐在门口，手里拿着个线轴正在绕蓝丝线，她的小狗趴在她脚边。

"你说过，如果我送你一朵红玫瑰，你就会和我跳舞，"大学生大声说道，"这是全世界最红的玫瑰。今晚你把它别在心口，我们一起跳舞的时候，它会告诉你，我有多么爱你。"

可是姑娘皱起了眉头。

"恐怕它和我的衣服不搭配哦，"她答道，"还有呢，

宫廷内侍的侄子送了我一些真的珠宝，人人都知道，珠宝比花儿值钱多了。"

"唔，要我说呀，你真是个忘恩负义的人，"大学生很生气地说。他把那朵玫瑰扔到了大街上，不巧它落在沟槽里，一只马车轮子从上面压了过去。

"忘恩负义！"那姑娘说，"我老实告诉你，你很无礼；说到底，你算老几哟？只是个大学生而已。嗯，宫廷内侍的侄子鞋子上有银带扣，我相信你连这个也没有。"说完她从椅子里站起身来，进了屋子。

"爱是个多么愚蠢的东西哟，"大学生一边走开去，一边说，"它连逻辑学的一半用处都没有，因为它不能证明任何事情，它总是告诉人不会发生的事，叫人相信不真实的东西。事实上，它是完全不实际的，在这个时代，讲求实际就是一切，我还是回到哲学里去，研究研究形而上学吧。"

于是他回到房间里，拿出一本落满灰尘的大书，开始读。

自私的巨人

每天下午，孩子们放学后，都喜欢到巨人的花园里去玩。那是一个可爱的大花园，里面长着柔嫩的青草。青草上面，到处有星星似的美丽花朵亭亭玉立着。园子里还长着十二株桃树，在春天的时光里盛开出娇美的粉红色和珍珠白的花朵，在秋天结出丰硕的果实。鸟儿栖息在树上，对着孩子们唱出甜美无比的歌，引得他们停下游戏，听它们歌唱。"我们在这儿多快乐啊！"他们这样对彼此叫嚷着。

一天，巨人回来了。他离家是去拜望一个朋友，就是康沃尔郡[①]那个食人魔，他在食人魔那儿住了七年。七年后，他把非说不可的话都说完了——要知道他说话的能力有限，

[①] 英国的一个郡，位于英国南部。——译者注

就决定返回自己的城堡。他回到家时,正好看见孩子们在花园里玩。

"你们在这儿干什么?"他粗声粗气地说,孩子们就忽啦逃走了。

"我自己的花园就是我自己的花园,"巨人说,"这一点谁都能弄明白,除了我自己,谁也不许在这里玩耍。"于是他在花园周围建了一道高墙,并且竖了一块告示牌。

> 闲人莫入
> 违者法办

他是一个很自私的巨人。

可怜的孩子们现在没有地方玩耍了。他们试着在路上玩,可是路上灰尘很大,而且布满了很硬的石子儿,他们不喜欢。上完课后,他们经常在高墙外面逛来逛去,谈论着墙里面的美丽花园。"在那儿我们曾经多么快乐哦,"他们这样对彼此说道。

春天来了,乡间到处开着小花儿,到处飞着小鸟儿。只有自私的巨人的花园里仍然是冬天。里面没有孩子,鸟儿们就不高兴唱歌,树木也忘了开花。只有一朵美丽的花儿从草丛里探出头来,但是它看见告示牌后,为孩子们感到很难过,就悄悄地缩回到地下,闭上眼睛睡大觉。唯一

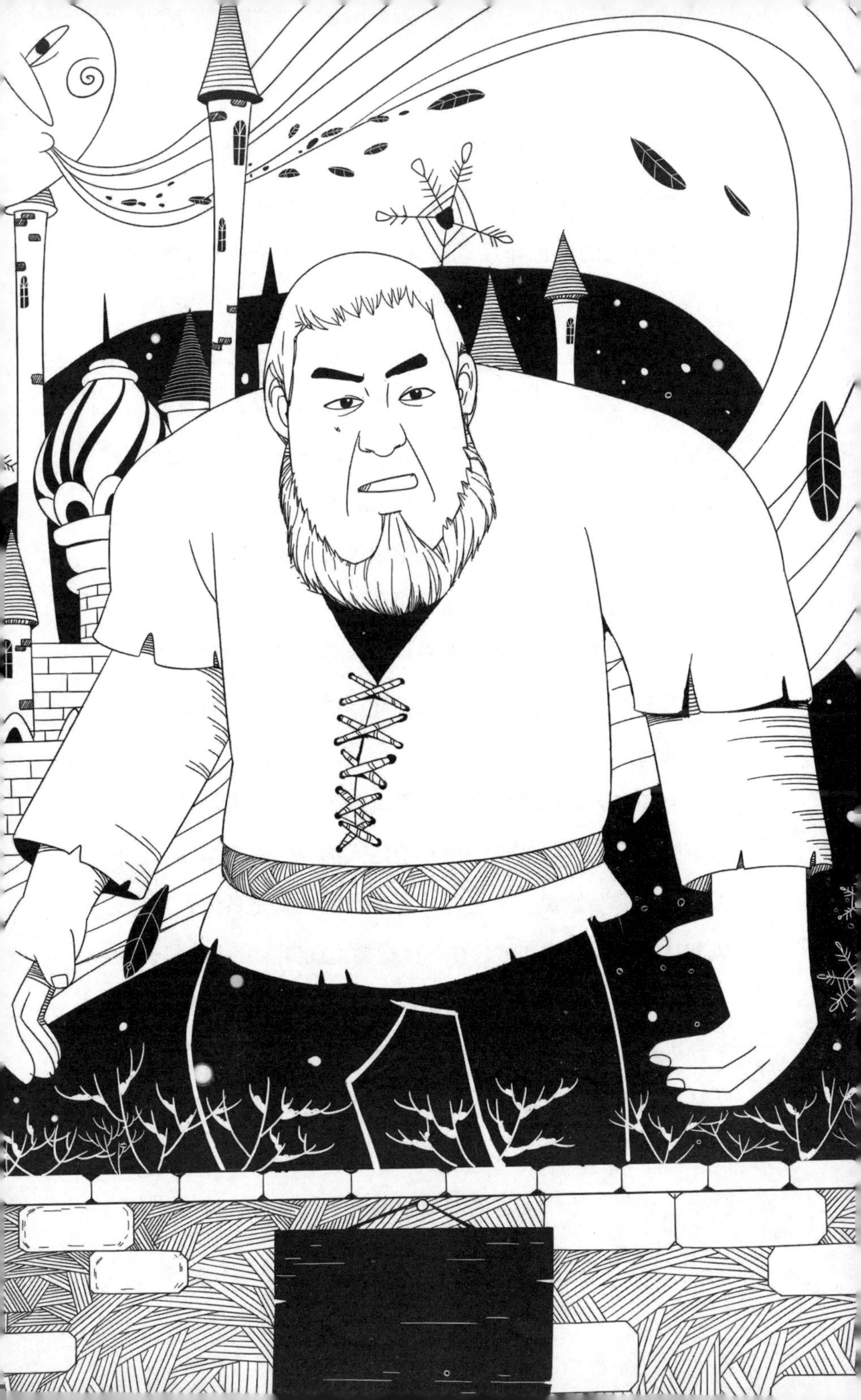

感到高兴的只有雪和霜两位。"春天已经遗忘这个花园,"她们嚷道,"这样我们就可以一年到头住在这儿了。"雪用她那巨大的白色斗篷遮盖住了青草,霜给所有的树涂上了银色。然后她们邀请北风来和她们同住,他就来了。他裹着一身裘皮,整天在花园里到处吼叫着,把烟囱管帽也吹倒了。"这是个令人愉快的地方,"他说,"我们一定要叫冰雹来作客一回。"冰雹就来了。他每天在城堡的屋顶上格嗒格嗒地蹦达三个小时,最后把石板瓦踩碎了一大半。然后他以最快的速度,在花园里绕着圈子不停地疯跑。他穿着灰色的衣裳,他的呼吸就像冰。

"搞不懂,为什么春天来得这样迟,"自私的巨人说,他坐在窗前,望着外面白花花冷冰冰的花园,"希望天气会有个变化。"

但是春天始终没有来,夏天也没有来。秋天给每一个花园带来了金色的果实,却没有给巨人的花园一个果子。"他太自私了,"她说。于是呀,那花园里一直是冬天,只有北风和冰雹,还有霜和雪,在一棵棵树之间穿来穿去跳舞。

一天早晨,巨人睁着眼睛躺在床上,忽然听见外面响起了动人的音乐。乐声那么甜美悦耳,他以为一定是国王的乐队从这儿路过。其实,那只是一只小小的朱顶雀在窗外唱歌;但他已经很久很久没有听见鸟儿在花园里歌唱了,所以在他听来,那歌声仿佛是世界上最美的音乐。这时,他头顶上的冰雹停止了跳舞，北风也停止了吼叫，透过敞开的窗扉，一阵怡人的芳香向他飘来。"肯定是春天，她终于来了，"巨人说道，他跳下床，向外面望去。

他看见了什么呢？

他看见了一个最美妙的景象。孩子们从高墙下面的一个小洞爬了进来，一个个都坐在树枝上。他看见，每一棵树上都坐着一个小孩。孩子们回来了，那些树真是高兴，都披上了满树的鲜花，轻轻地在孩子们头顶上挥舞着手臂。鸟儿们到处飞翔着，叽叽喳喳快乐地啁啾着。花儿们从绿草丛中仰起头来望着，开心地笑着。这是一个动人的景象，只剩下一个角落里仍然是冬天。花园最偏远的一个角落里，站着一个小男孩。他太小了，伸手够不着树枝，就在那角落里转悠着，哭得很伤心。那棵可怜的树，身上依然盖满了霜和雪，北风在它头顶上呼呼地吹着、吼着。"爬上来呀，小男孩，"树说，它尽可能低地弯下树枝，但是那男孩太小了。

巨人向窗外望着望着，他的心融化了。"我多么自私哟！"他说，"现在我明白为什么春天不肯来这儿了。我要把那可怜的小男孩放到树顶上去，然后把围墙推倒，我的花园将永远永远是孩子们的游乐场。"对于自己过去的行为，他真的感到十分后悔。

于是他下了楼，很轻很轻地打开前门，走出去，来到花园里。但孩子们一看见他就吓坏了，忽啦一下全都逃开，花园里又变成了冬天。只有那个小男孩没有跑,因为他眼睛里噙满了泪水,没有看见巨人来到。巨人悄悄地溜到他身后,轻轻地用一只手把他举起来,放到树上。那树立刻绽放了出鲜花,鸟儿飞过来,栖在树上唱起了歌。小男孩张开双臂,一下子抱住巨人的脖子,吻了他。别的孩子们看到巨人不再凶恶,就都跑了回来,春天也跟着他们回到了花园。"花园现在是你们的了,小孩儿们,"巨人说道,他拿起一柄巨斧,把围墙砍倒了。十二点钟人们去市场时,发现巨人在同孩子们一起玩耍,在一个他们平生见过的最花丽的花园里。

他们玩了一整天,黄昏时分,孩子们都来到巨人跟前,向他告别。

"但是你们的小伙伴呢?"他说,"我放到树上的那个男孩在哪儿?"巨人最爱那孩子,因为那孩子吻过他。

"我们不知道,"孩子们答道,"他已经离开了。"

"你们一定要告诉他,明天他一定要来这儿,"巨人说道。但是孩子们说,他们不知道他住在什么地方,先前也从来不曾见过他。巨人感到很伤心。

每天下午放学后,孩子们就来和巨人一起玩。但是巨人所爱的那个小男孩再也没有出现过。巨人仁爱地对待孩子们,但他非常想念他的第一个小朋友,经常说起他。"我多想见见他呀!"他总是这样说。

岁月流逝,巨人变得很老、很孱弱了。他再也不能和孩

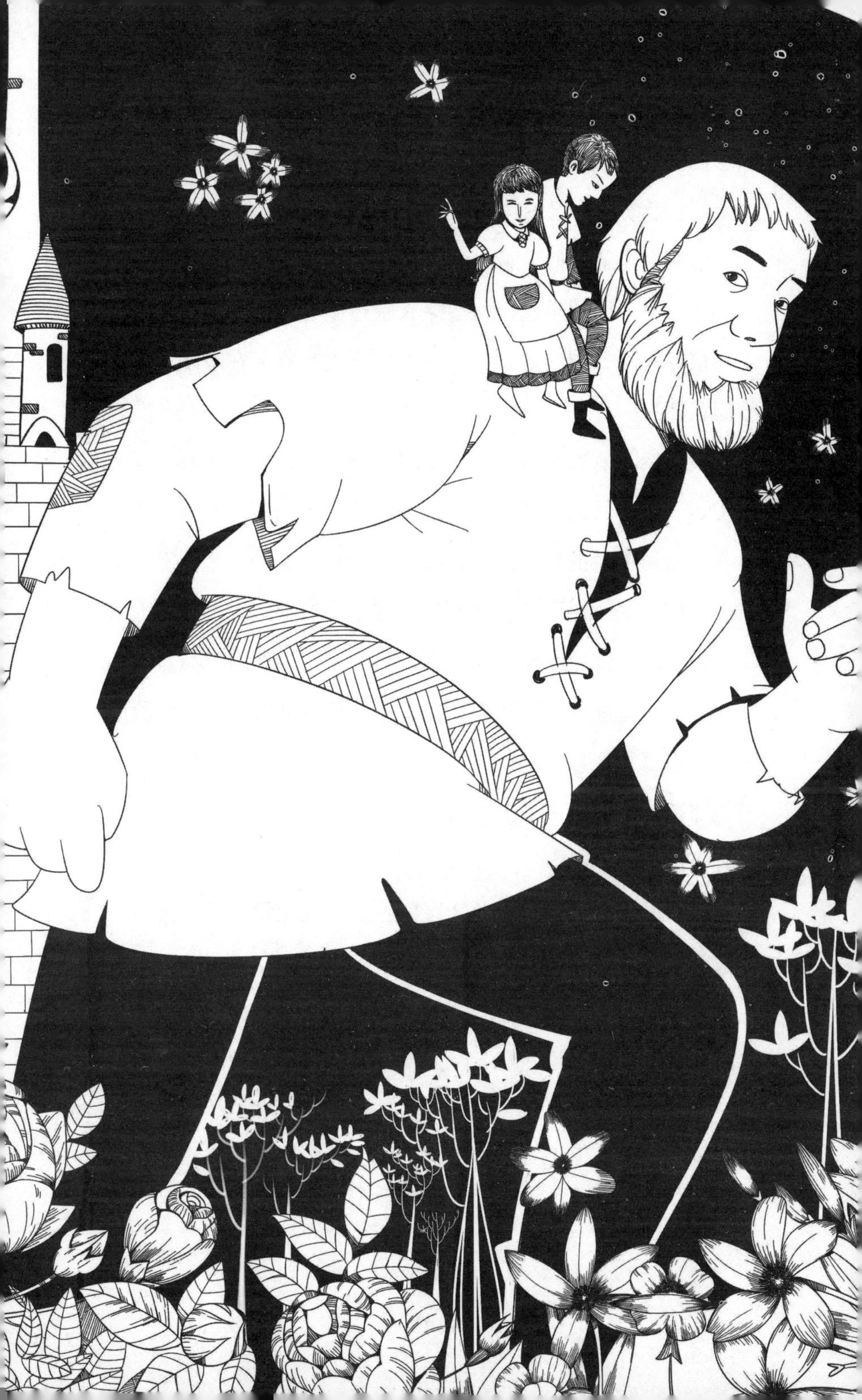

子们一起玩耍，就坐在一张巨大的扶手椅里，看着孩子们做游戏，欣赏着自己的花园。"我有许多美丽的花儿，"他说，"但所有花朵中最美丽的，是这些孩子。"

一个冬天的早晨，他边穿衣服边望着窗外。现在他已经不恨冬天了，因为他知道，冬天只不过是春天在睡眠，花儿们在休息。

突然，他惊讶地揉了揉眼睛，盯着外面看了又看。那确实是一个奇妙的景象。花园最偏远的一个角落里有一棵树，开了满树可爱的白色花朵，树枝完全是黄金的，金枝上坠着白银的果子，树下站着他所爱的那个小男孩。巨人在巨大的欢乐中跑下楼，走出城堡，进了花园。他急急忙忙穿过草地，向那孩子近前走去。来到离孩子十分近的地方时，他的脸因为气愤涨得通红，他说："谁那么大胆，竟敢伤害你？"因为那孩子的两只手掌上有钉子钉过的印记，两只小脚上也有钉子钉过的印记①。

"谁那么大胆，竟敢伤害你？"巨人嚷道，"告诉我，我拿着我的长剑，去把他杀了。"

"不！"孩子答道，"这些是爱的伤痕呀。"

"那么你是谁呢？"巨人说，一种奇异的敬畏感突然向

---

① 这个孩子就是耶稣，这里的描述暗指耶稣曾被钉在十字架上。——译者注

他袭来,他跪倒在小孩儿面前。

孩子向巨人微笑着,对他说:"有一回你让我在你的花园里玩过,今天你要跟我去我的花园了,那是天国的乐园。"

那天下午孩子们跑进花园里时,发现巨人躺在树下,他已经死了,身上铺满了白色的花朵。

忠实的朋友

一天早晨，老水鼠把脑袋探到洞口外面。他长着亮晶晶的小圆眼睛、硬扎扎的灰色胡须，尾巴就像一长条黑色印度橡胶。小鸭子们在池塘里游来游去，那样子就像一群黄色的金丝雀；他们的母亲，全身纯白，长着一双真正的红腿，正在教他们怎样在水中头朝下倒立。

"除非你们能倒立，否则永远进不了最上等的社交界，"她不断地这样对他们说着，还不时地给他们做示范。但是小鸭子们的注意力并不在她身上。他们太年轻了，根本就不了解进入社交界的好处。

"多么不听话的孩子！"老水鼠喊道，"真应该淹死他们。"

"别这样说，"母鸭回应道："人人都有个开头，做父母的不能没有耐心。"

"啊！对于做父母的感情我一无所知，"水鼠说，"我不是个有家室的男人。其实，我没有结过婚，也从来没有打算结婚。从某个角度看，爱情挺不错，但友谊却高尚得多。说实在的，我不知道世界上还有什么东西，比忠实的友谊更高贵、更难得。"

"作为忠实的朋友有些什么义务呢？请教一下你的看法，"一只绿衣朱顶雀问道，她就栖息在旁边一棵柳树上，刚才的谈话她都听到了。

"是啊，这正是我想知道的，"母鸭说，然后她就游开了，游到池塘尽头，来了个倒立，给她的孩子们做一个良好的示范。

"多么愚蠢的问题！"水鼠嚷道，"我当然希望忠实的朋友对我忠实。"

"那你怎样回报忠实的朋友呢？"那小鸟儿一边说，一边扑楞着他的小翅膀，在一根银色的小树枝上荡着秋千。

"我不明白你的意思，"水鼠答道。

"我来给你讲个故事吧，关于这个题目的，"朱顶雀说。

"你的故事与我有关么？"水鼠问，"如果有关，我很愿意听，因为我极喜欢小说。".

"这故事可以用在你身上，"朱顶雀答道，他飞下来，落在池塘边，开始讲忠实的朋友的故事。

"从前,"朱顶雀说,"有个诚实的小家伙,名字叫汉斯。"

"他很出名么?"水鼠问。

"不,"朱顶雀答道,"我认为他一点儿也不出名,只是心肠特别好,还有,他那张圆脸总是和颜悦色,很有趣。他独自一人,住在一所一丁点小的茅屋里,每天在他的花园里干活。那一带乡间,没一个花园有他的花园那么可爱。里面长着温柔的威廉,吉莉的花儿,牧羊人的钱袋和法兰西漂亮少女[①]。园子里还有淡红色玫瑰和黄玫瑰,淡紫色藏红花和金色藏红花,紫色紫罗兰和白色紫罗兰。许多的花儿,耧斗菜和碎米荠,墨角兰和野罗勒,黄花九轮草和鸢尾花,水仙和麝香石竹,按照季节依次开放;一种花刚谢,另一种紧接着就开了,所以花园里永远看得到美丽的景致,永远闻得到怡人的芬芳。

"小汉斯有好多好多朋友,不过里面最忠实的要算磨坊主大休。富有的磨坊主对小汉斯确实够忠实的,他从小汉斯的花园边经过时,没有一次不把上身探进墙垣,摘走一大束花儿,或者薅走一把香草;在有果子的季节,他一定会给自己的口袋里装满梅子和樱桃。

"'真正的朋友是应该样样东西都共享的,'磨坊主总

[①] 这些都是花的别称,依次为美洲石竹、紫罗兰、荠菜和法兰西玫瑰。——译者注

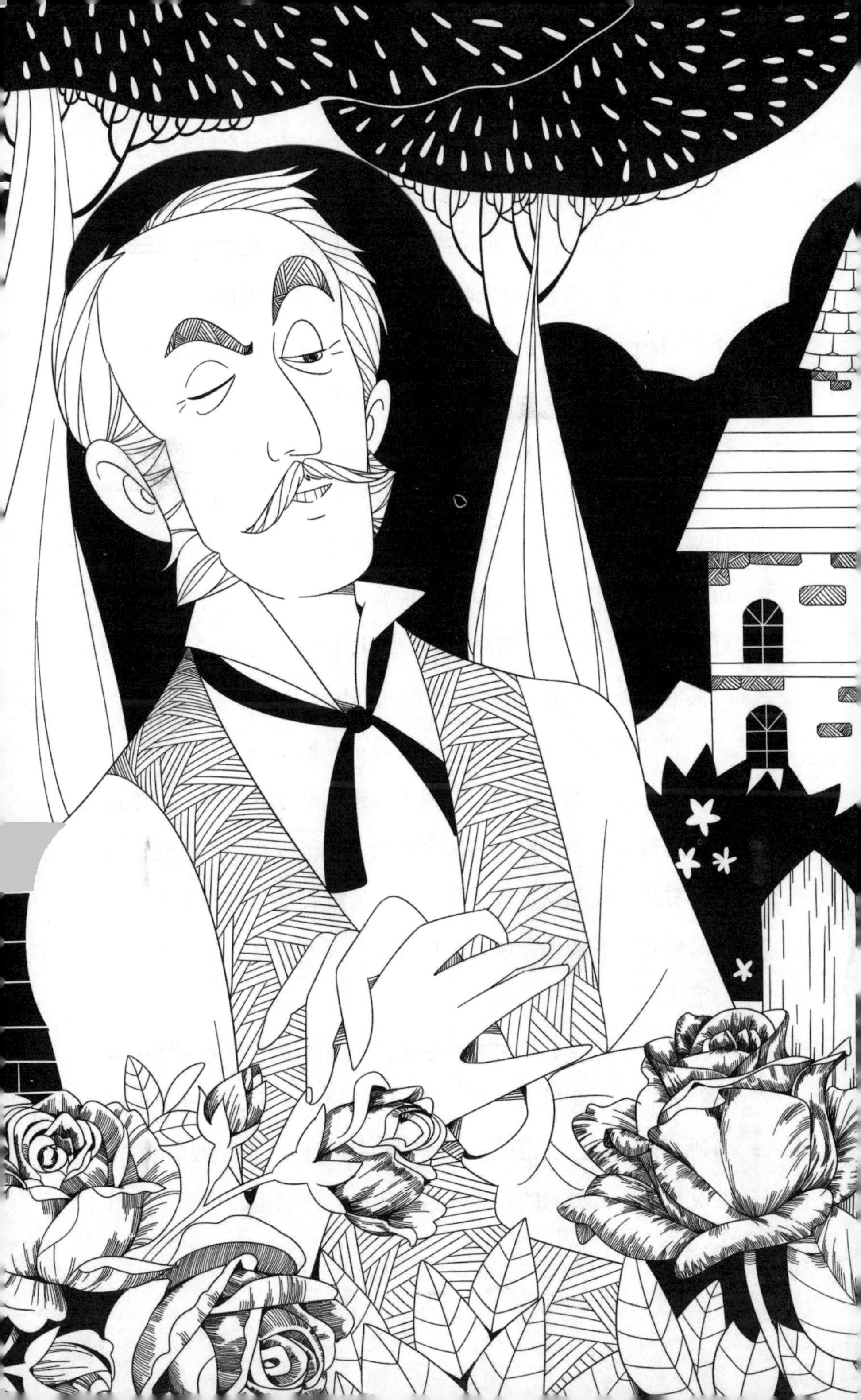

是这样对小汉斯说，小汉斯就点头，微笑，为自己拥有这样一个思想高贵的朋友而骄傲。

"说实在的，有时啊，邻居们觉得奇怪：磨坊主那么有钱，磨坊里存着一百包面粉，还有六头奶牛和一大群绵羊，却从不回赠小汉斯一丁点东西。可汉斯不愿意费脑子想这些，而且磨坊主时常给他讲些美妙的事，说明真正的友谊是无私的。没有什么事比磨坊主的言辞能给汉斯更大的乐趣。

"所以小汉斯不停地在花园里劳作。春天、夏天和秋天，他都很快乐；可是冬天来临后，他就没有果子或者花儿拿到市场上去卖了。他又冷又饿，非常遭罪，常常没有晚饭，只好吃点干了的梨子或者硬坚果，就上床睡觉。而且，冬天的时候他是极孤单的，因为这段时间磨坊主从来不去看他。

"'雪没有化的时候，我去看小汉斯是没有好处的，'磨坊主总是对他妻子说，'因为人遇到麻烦的时候，应该让他独自待着，不要有访客去打扰他。这至少是我个人对于友谊的看法，我相信这看法是对的。所以我要等到春天来临，到时候我去看望他，他就能够给我一大篮子报春花，那样他会很快乐。'

"'你确实很为别人着想呢，'他的妻子答道，她正坐在舒适的扶手椅里，对着一炉旺旺的松木柴火，'确实想得周到。听你谈论友谊真是一种享受。我敢肯定，就是牧师本人，也说不出这么美丽的言辞，尽管他住着三层楼的房子，小指

上戴着一枚金戒指。'

"'但是我们不能叫小汉斯到这儿来么？'磨坊主的小儿子说，'如果可怜的汉斯遇到了麻烦，我会把我的粥给他一半，请他看我的白兔子。'

"'真是个傻孩子！'磨坊主嚷道，'真不知道送你去上学有什么用。你好像什么也没学到。呃，如果小汉斯到这儿来，看到我们家温暖的炉火、丰盛的晚餐和大桶的红酒，他有可能会妒嫉的。妒嫉是一种最可怕的东西，会损害人的天性。我当然不愿意让汉斯的天性受到损害。我是他最好的朋友，我会永远守护着他，务必不让他受到诱惑，误入歧途。此外，如果汉斯来这儿，他有可能会要求我赊给他一些面粉，那种事我是不能做的。面粉是一回事，友谊是另一回事，不能混淆在一起。呃，这两个词写法不一样，就意味完全不同的东西。这一点人人都看得出来。'

"'你说得多好呀！'磨坊主的妻子说，她拿起一个大玻璃壶，给自己倒了点热的麦芽酒，'我真的觉得好困，真就像在教堂里听布道时一样。'

"'有许多人事情做得好，'磨坊主说，'但是极少有人话儿说得好，这说明，在做和说这两件事中，说要难得多，也优雅得多。'他隔着桌子，严厉地看着他的小儿子。那孩子羞愧得低下头，脸涨得通红，眼泪冒出来，掉进了茶杯里。无论如何他还小，你们得谅解他哦。"

"故事讲到这儿就结束了么?"水鼠问。

"当然没有,"朱顶雀答道,"才刚刚开始呢。"

"那你可完全落后于时代了,"水鼠说,"现今讲故事的好手,都从结尾开始讲起,然后讲开场,最后才讲中段。这是新方法。我全是从一个批评家那儿听来的,当时他正和一个年轻人绕着池塘散步。关于这个问题他讲了长长一大套道理,我敢肯定他是正确的,因为他戴着一副蓝边眼镜,头已经秃了,而且只要那年轻人一发表见解,他就回答一声'呸!'不过,还是请你继续讲故事吧。我极喜欢那磨坊主。我本人有各种美好的情操,所以我和他之间有很大的共鸣。"

"嗯,"朱顶雀说,他时而用这条腿跳一下,时而又用那条腿跳一下,"冬天一过去,报春花开始撑开淡黄色花瓣的时候,磨坊主就对他妻子说,他要下山去看小汉斯。

"'嗨,你的心肠多好哦!'他妻子嚷道,'你总是为别人着想。记着带上那只大篮子,装些花儿回来。'

"于是磨坊主用一根粗铁链缚住风车的翼板,胳膊上挎着那只大篮子,下山去了。

"'早安,小汉斯,'磨坊主说。

"'早安,'汉斯说,他倚在铲子上,笑得嘴咧到了耳朵。

"'整个冬天你过得好么?'磨坊主问。

"'好,真的挺好,'汉斯嚷道,'承蒙你好心问我好,你真是太好了。我恐怕得说,冬天我过得挺艰难呢,不过现

在春天来了，我所有的花儿都长得很好。'

"'冬天的时候我们时常说起你，汉斯，'磨坊主说，'很想知道你过得怎样。'

"'你们太好心了，'汉斯说，'我有点害怕你们已经把我忘了呢。'

"'汉斯，你这话叫我惊讶，'磨坊主说，'友谊是绝不会遗忘的。这就是友谊的美妙之处，但我恐怕你不理解生活中的诗意呢。哟嗬，我说，你的报春花看上去多可爱啊！'

"'确实很可爱。'汉斯说，'有这么多报春花，对我来说是一件最幸运的事。我要把它们运到市场去，卖给市长的女儿，换了钱赎回我的手推车。'

"'赎回你的手推车？你的意思不是说你把它卖掉了吧？干那样的事，多傻哟！'

"'嗯，事情是这样的，'汉斯说，'我是被逼无奈呀。你知道，冬天对我来说，是很糟糕的时光，我真的到了没有一文钱买面包的地步。所以我先是把礼拜天穿的最好的外套上的银纽扣卖了，然后卖掉了银链子，又卖掉了我的大笛子，最后才把手推车卖了。但是现在，我要去把它们全赎回来。'

"'汉斯，'磨坊主说，'我把我的手推车送给你。它保养得不是很好；实际上，车子的一边已经没有了，车轮的辐条也有些毛病；尽管如此，我还是会把它送给你。我知道，我这样做是非常慷慨的，许多许多人会认为我把它送人极其愚蠢，但是我和所有人不一样。我认为，慷慨是友谊的真髓，此外，我自己已经有了一辆新手推车。没错，你可以放下心来，我会把我的手推车送给你。'

"'嗨，你真是太慷慨了，'小汉斯说，他那张有趣的圆脸快活得放出了满面的红光，'我很容易就能把它修好，因为我屋子里有一块厚木板。'

"'一块厚木板！'磨坊主说，'嗨，我修谷仓的屋顶正需要这样一块厚木板呢。它坏了一个大洞，如果不把洞堵上，谷子就会被淋湿的。幸好你提到了厚木板！常言道，一件好事总是牵出另一件，还真是灵验。我送你手推车，接下来你就送我厚木板。当然，手推车比厚木板值钱得多，但是真正的友谊从来是不计较这个的。请你马上把它拿来吧，我今天就要动手把谷仓修好。'

"'一定要修，'小汉斯大声说，跑进茅屋，把木板拖了出来。

"'这块木板不是很大，'磨坊主看了看，说道，'恐怕我修了谷仓的屋顶以后，就剩不下什么来给你修手推车了；不过，这当然不是我的错。对了，既然我把手推车送给了你，你肯定很乐意给我一些花儿作为回报。这有一个篮子，你不介意把它装个满满当当吧。"

"满满当当？"小汉斯说，他有点懊恼，因为那实在是一只很大的篮子。他知道，如果把它装满，就剩不下花儿给他自己拿到市场上去卖了，可他正急着要把银纽扣赎回来呢。

"'嗯，说实在的，'磨坊主答道，既然我把手推车送给了你，我想，跟你要一点花儿总不过分吧。也许我想错了，我一直以为，友谊，真正的友谊，是不惨杂一点儿私心的。'

"'我亲爱的朋友，我最好的朋友，'小汉斯嚷道，'我花园里的所有花儿，请你随便拿。还是得到你的好看法要紧，至于我的银纽扣，哪天去赎都行，'他赶紧跑过去，把他那些漂亮的报春花全摘了，装进磨坊主的篮子。

"'再见，小汉斯，'磨坊主说，他肩上扛着木板，手里提着一大篮子花儿，向小山上走去。

"'再见，'小汉斯说，他十分快活地挖起土来，心里很满意手推车的事。

"'第二天，他正在往门廊上钉忍冬藤，路上传来了磨坊主喊他的声音。他赶忙从梯子上下来，跑进花园，隔着墙垣向外张望。

"磨坊主站在墙外，背上驮着一大袋面粉。

"'亲爱的小汉斯，'磨坊主说，'你帮我把这袋面粉背到市场上去，好么？'

"'哦，非常抱歉，'汉斯说，'今天我实在是很忙。我得把这些藤全钉起来，给所有的花儿浇水，还要把所有的草推平。'

"'唔，说真的，'磨坊主说，'我觉着，我就要把手

推车送给你了,你还拒绝我,可有点不讲友谊呢。'

"'啊,请别这样说,'小汉斯嚷道,'就算天塌下来,我也不会不讲友谊的,'他跑进茅屋拿了顶帽子戴上,然后就把一大袋面粉扛在肩头,步履艰难地出发了。

"那是个很热的天,路上尘土大得吓人,汉斯还没有走到第六个里程碑,就累得不行了,只好坐下来休息一下。无论如何,他还是勇敢地继续往前走,最后终于走到了市场。他在市场上等了一会儿,就把那袋面粉卖了个好价钱,然后立刻动身回家,因为他害怕耽搁久了,回去的路上会遇到强盗。

"'今天确实很辛苦,'小汉斯上床的时候对自己说,'但是我很高兴没有拒绝磨坊主,因为他是我最好的朋友,此外,他还要把手推车送给我呢。'

"'第二天一大早,磨坊主下山来取卖面粉的钱,可是小汉斯太累了,躺在床上还没起来。

"'要我说,'磨坊主说,'你太懒了。想想看,我就要把手推车送给你了,我觉得你应该更勤快些干活儿才是。懒惰是一宗很大的罪孽,我当然不愿意我的任何朋友懒惰或者闲散。我说话太直率了,你不要介意。当然,如果我不是你的朋友,我是决不会想到对你说这种话的。但是,如果不能直言不讳,那友谊还有什么用呢?人人都可以溜须拍马说好话,但是真正的朋友说的永远是逆耳忠言,不惜惹人生厌。

其实，如果他是真正的朋友，就宁愿惹人生厌，因为他知道这是做好事。'

"'非常抱歉，'小汉斯一边说，一边揉着眼睛，脱下睡帽，'我太累了，想再躺一会儿，听听鸟儿唱歌。你知道么，听过鸟儿唱歌之后，我干起活来总是更有精神？'

"'嗯，听你这样说我很高兴，'磨坊主拍拍小汉斯的背，说道，'因为我要你穿好衣服马上就到小山上磨坊里来，帮我修理谷仓。'

"可怜的小汉斯急着要去自己的花园里干活，因为他的花儿已经有两天没浇水了。但他不愿意拒绝磨坊主，因为磨坊主是他那么好的一个朋友。

"'如果我说我很忙，你会认为我不讲友谊么？'他询问道，声音又羞又怯。

"'嗯，说真的，'磨坊主答道，'我觉得我并没有要求你太多，想想看，我就要把手推车送给你了。当然，如果你拒绝，我就自己去修。'

"'啊！绝不要这样，'小汉斯嚷道，他跳下床，穿好衣服，就上山去谷仓了。

"'他在谷仓工作了一整天，直到日落。日落时分磨坊主来了，来看看工作的进展如何。

"'你把屋顶上的洞修好了么，小汉斯？'磨坊主声音很快活地大声问。

"'完全修好了,'小汉斯一边回答,一边从梯子上下来。

"'啊!'磨坊主说,'做什么工作,也不如为别人干活令人愉快。'

"'听你谈话确实是一种极大的荣幸,'小汉斯回应道,一边坐下来,擦着额头上的汗,'非常非常大的荣幸。但我恐怕永远不会有你这些美丽的想法呢。'

"'哦!你会有的,'磨坊主说,'但是你要再下点苦功。目前你还只有友谊的实践,总有一天,你也会有友谊的理论。'

"'你真的觉得我会有么?'小汉斯问。

"'我确信不疑,'磨坊主答道,'但是你既然修好了屋顶,最好还是回家去休息吧,因为我要你明天帮我把绵羊赶到大山里去。'

"可怜的汉斯不敢对此说半个不字。第二天一大早,磨坊主就把一群绵羊赶到了茅屋外面,汉斯就动身把它们赶到大山里去。他一去一回花了一整天,回到家时,已经累得不成样子,坐在椅子里就睡着了,直睡到天光大亮才醒。

"'今天我会在自己的花园里很开心地过一天,'他说,然后立刻就去干活了。

"但不知怎么的,他总是没有时间照料他的花儿,因为他的朋友磨坊主老是来派他去办时间很长的差事,要不就叫他去磨坊里帮忙。小汉斯有时感到非常苦恼,因为他害怕自己的花儿会以为他把它们忘了。但他仍然用这样一个想法来

自我安慰：磨坊主是他最好的朋友。'此外，'他总是对自己说，'他就要把手推车送给我了，这纯粹是一个慷慨的举动。'

"就这样，小汉斯不停地为磨坊主干活儿，磨坊主对他说各种关于友谊的美丽言辞。汉斯拿一个笔记本把那些话记下，晚上拿出来温习研读一遍，因为他是一个很好学的人。

"接下来不巧发生了一件事。一天晚上，小汉斯正坐在炉边烤火，门上突然响起了一记很重的叩击声。那是一个天气很坏的夜晚，狂风在屋子四周呼啸着、怒吼着，那么可怕。起先他还以为，那只是暴风雨在撞门；但是第二记叩门声又响了，然后是第三记，比前两记更重。

"'是一个可怜的过路人吧，'小汉斯自言自语着，向屋门跑去。

"门口站着磨坊主，一只手提着灯笼，另一只手拄着一根大棍子。

"'亲爱的小汉斯，'磨坊主大声喊着，'我遇上大麻烦了。我的小儿子从梯子上掉下来，摔伤了，我要去叫医生。但是他住得太远了，今晚天气又那么坏，我刚才忽然想起来，还是你替我去吧，那样要好得多。你知道，我就要把手推车送给你了，所以啊，你应该为我做点事情来报答我，这才公平。'

"'当然，'小汉斯喊道，'你来找我就是看得起我，我觉得很荣幸，我马上就动身。不过你得把灯笼借给我，天

太黑了，我怕会摔到沟里。'

"'我很抱歉，'磨坊主答道，'但这是我的新灯笼，如果出了什么差错，那会是一个很大的损失。'

"'嗯，没关系，我就不带灯笼了吧，'小汉斯喊道，他取下皮大衣穿在身上，戴上一顶温暖的红帽子，又在脖子上系了一条围巾，就出发了。

"多么可怕的暴风雨呀！夜色那么的黑，小汉斯几乎什么也看不清；风那么的厉害，他几乎都站不稳。但无论如何，他非常的勇敢；走了大约三个钟头之后，他到了医生的家，开始敲门。'是谁呀？'医生喊道，从卧室的窗户里探出头来。

"'是小汉斯，医生。'

"'你有什么事，小汉斯？'

"'磨坊主的儿子从梯子上掉下来，摔伤了，磨坊主要你马上就去。'

"'行！'医生说。他叫人备好了马，穿上大靴子，拿起灯笼，下了楼，跨上马背，向磨坊主家方向跑去，小汉斯步履艰难地跟在后面。

"但是风暴越来越猛烈，雨像洪水一样从天上往下倒，小汉斯看不清自己在往哪儿走，也跟不上医生的马儿。最后他迷了路，在一片沼泽里转来转去。那是一个很危险的地方，到处是深深的洞，可怜的小汉斯就在沼泽里面淹死了。第二天几个牧羊人发现了他的尸体，当时他正漂浮在一大片积水

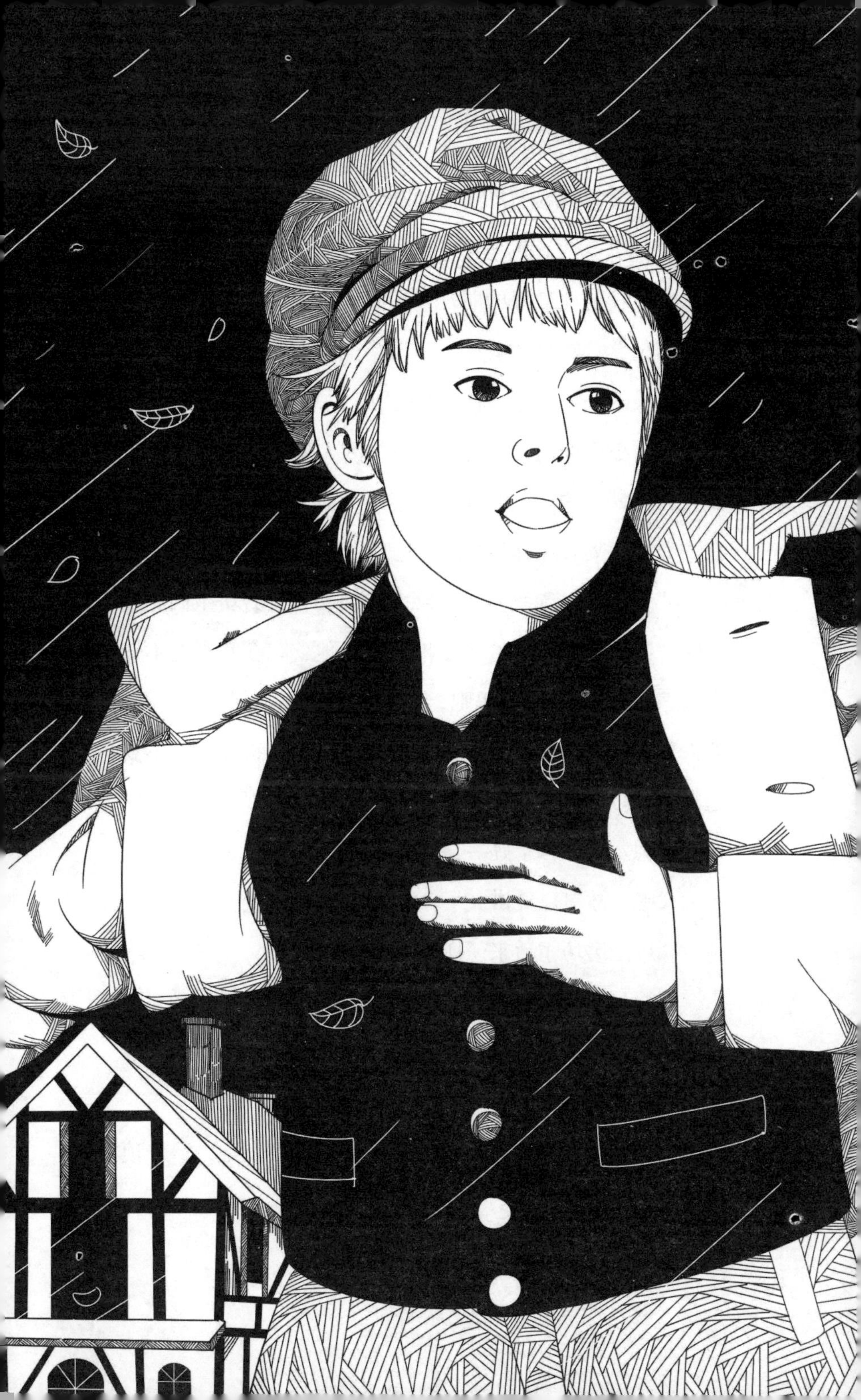

上；他们把他送回了他的茅屋。

"人人都去参加小汉斯的葬礼,因为他是个人人都喜欢的人。磨坊主做了葬礼的主事。

"'我是他最好的朋友,'磨坊主说,'所以我应该占最好的位置,这样才公平。'于是他走在队列前面,身上披一件长长的黑色斗篷,时不时地用一块大手绢擦一下眼睛。

"'小汉斯的死,对于每一个人,确实都是一个巨大的损失,'铁匠说,这时葬礼已经结束,大家都舒舒服服地坐在酒吧里,喝着加香料的酒,吃着甜饼。

"'至少对于我是一个巨大的损失,'磨坊主回应道,'唉,我差一点就已经把手推车送给他,现在我真的不知道拿它怎么办了。放在家里吧,要占不少地方,又保养得那么差;拿去卖吧,一个大子儿也换不回来。我确实得注意,不要再送人东西。为人慷慨,总是有苦头好吃的。'"

"嗯?"停顿了好一会儿之后,水鼠说。

"嗯,故事已经讲完了,"朱顶雀说。

"可是磨坊主后来怎样了呢?"水鼠问。

"啊!我真的不知道,"朱顶雀答道,"这个我才不关心呢。"

"很明显,你的天性里没有同情心,"水鼠说。

"恐怕你没有完全明白故事里的道德教训吧,"朱顶雀评论道。

"你说什么？"水鼠尖叫道。

"道德教训。"

"你是说故事里有道德教训？"

"当然，"朱顶雀说。

"嗯，说真的，"水鼠说，样子很气愤，"我觉得你开始讲故事之前就该告诉我这一点的。如果你早说，我当然就不会听你讲了。说实在的，我会说'呸，'就像那个批评家一样。无论如何，我现在说还来得及。"于是他拔直了嗓门，大叫了一声："呸！"然后拂了一下尾巴，回他的洞里去了。

几分钟后，母鸭划着水游过来了，她问朱顶雀："你觉得水鼠这个人怎样？他有很多很多好见解，但是就我而言，我有一个为人母亲的情感，看到坚定不移的单身汉时，没有一次能够忍住不掉眼泪的。"

"恐怕我把他惹恼了，"朱顶雀答道，"事实上，我给他讲了一个带有道德教训的故事。"

"啊！讲那样的故事往往是一件很危险的事，"母鸭说。

我十分赞同她的看法。

非凡的火箭

　　国王的儿子要结婚了,到处是一派欢庆气氛。王子等待新娘整整一年,最后她终于来到了。她是一位俄罗斯公主,一路坐着六匹马拉的雪橇,从芬兰赶来。雪橇的形状像一只巨大的金色天鹅,小公主本人就坐在天鹅的两只翅膀中间。她披着一件长及脚面的貂皮斗篷,头戴一顶银线小帽,脸色苍白,白得就像她一直居住的雪宫一样。她太苍白了,当她坐着雪橇从大街上经过时,人人都感到很惊奇。"她就像一朵白玫瑰!"他们这样喊叫着,还从阳台上向她扔鲜花。

　　王子在城堡的门口迎候她。他那一双紫罗兰色的眼睛像梦一般迷离,他的头发宛若纯金的金线。看到她以后,他单膝跪下,吻了她的手。

　　"你的画像很美,"他喃喃地说,"但是人比画像更美。"

小公主的脸唰地红了。

"先前她像一朵白玫瑰，"一个年轻男侍对他旁边的人说，"现在却像一朵红玫瑰了。"整个宫廷里的人听了都很高兴。

接下来的三天里，人人都在奔走相告："白玫瑰，红玫瑰，红玫瑰，白玫瑰"；国王就颁下旨意，给那个年轻男侍薪俸加倍。可他根本不拿薪俸，所以这道旨意对他没多大实际用处，但是它被视作很大的一个荣誉，在《宫廷报》上正式刊登了出来。

三天过去之后，便举行大婚庆典。那是一个豪华的婚礼，在一顶绣着小珍珠的紫天鹅绒华盖下，新郎和新娘手挽手走来。随后是盛大的国宴，宴会持续了五个钟头。王子和公主坐在大殿最高的地方，用一只晶莹剔透的水晶杯喝酒。只有真正相爱的人才能用这个杯子，因为假如虚情假意的嘴唇碰了它，它就会变得灰暗混浊。

"十分清澈呢，他们是真心相爱的，"那小男侍说，"晶莹剔透！"国王就第二次给他薪俸加倍。"多么高的荣誉啊！"所有的大臣都嚷嚷着。

宴会结束后是舞会。新郎和新娘要一起跳玫瑰舞，国王答应亲自吹奏长笛。他吹得很差，但是没有人胆敢当面对他说，因为他是国王。事实上，他只会两支曲子，而且永远拿不定主意吹奏哪一首；但是这并没有关系，因为无论他做什么，大家都会高喊："妙极了！妙极了！"

最后一项节目是大放焰火，燃放时间定在午夜零点整。小公主生平从来不曾见过焰火，所以国王颁旨，令宫廷焰火师在她结婚的日子到场侍候。

"焰火是什么样子的？"有一天早晨，她在露台上散步的时候，曾经问过王子。

"就像是极光一样，"国王说，他总是替别人回答问题，"只是要比极光自然多了。就我本人而言，我喜欢焰火甚于星星，因为你总是能知道它们会在什么时候出现，而且它们像我本人的长笛演奏一样令人愉悦。你一定要看一看。"

于是在御花园的尽头搭起了一座高台。宫廷焰火师把一切安排好，那些焰火们各就各位之后，立刻就开始交谈起来。

"世界的确很美丽，"一只小爆竹嚷道，"只要看一眼那些黄色郁金香就知道了。嗨！即使它们是真的炮仗，也不可能比现在更可爱。我很高兴我曾经旅行过。旅行对于头脑有奇妙的改进作用，能够去除一个人的所有偏见。"

"御花园并不是世界，你这个愚蠢的爆竹，"一只很大的罗马焰火筒说道，"世界是一个很大很大的地方，要把它看个遍，你得花上三天时间。"

"任何地方，你爱它，它便是你的世界，"一只沉思的凯瑟琳转轮焰火大声说道，她早年曾经爱恋过一个旧松木匣子，常常以她的心碎自夸，"但是如今爱已经不时髦，它已

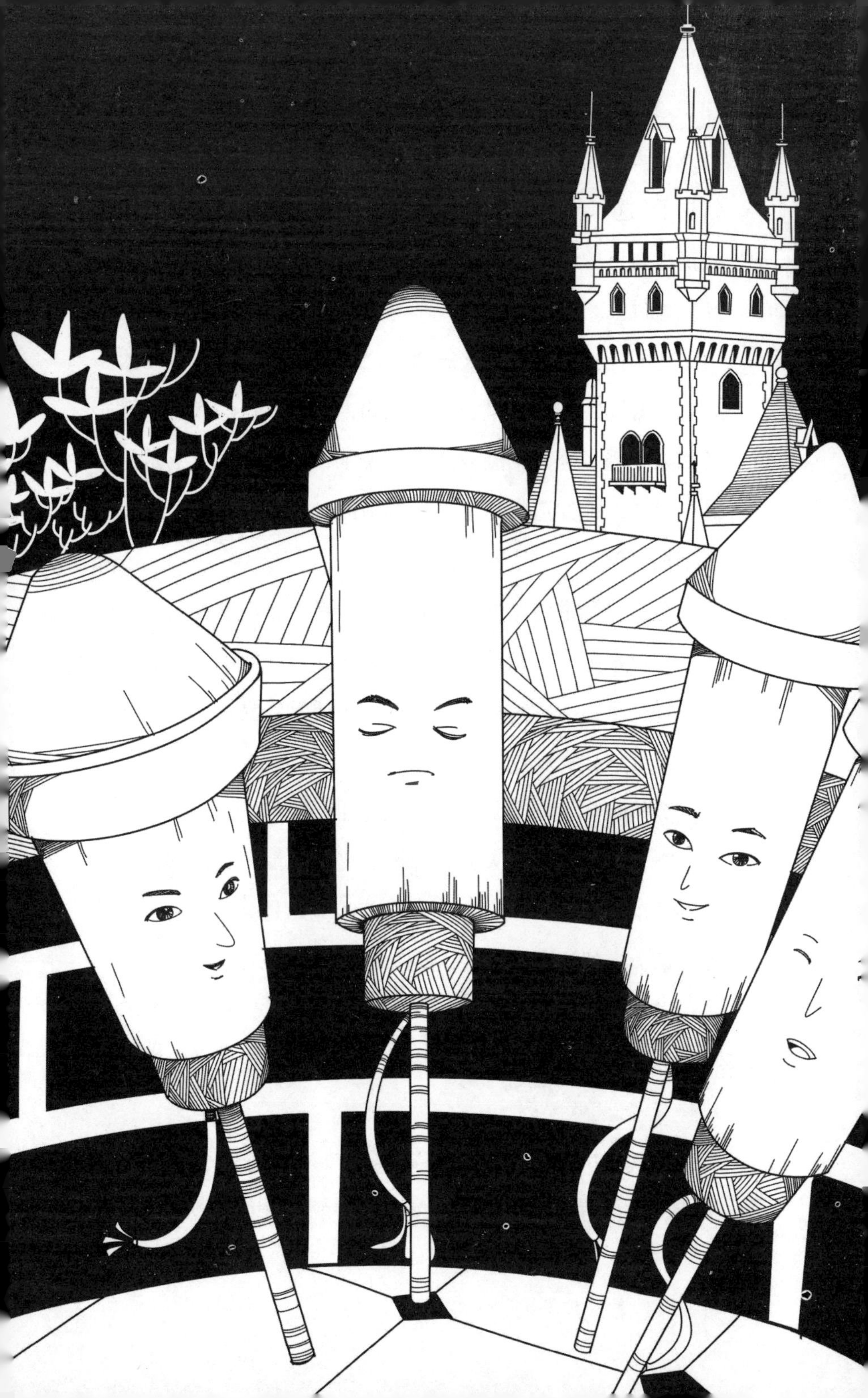

经被诗人杀死了。他们的诗里写了那么多爱情，人们就不相信它了，这一点我毫不惊讶。真正的爱是受苦，并且是无言的。我记得自己曾经——不过现在已经无关紧要了。浪漫故事已经成为过去。"

"胡扯！"罗马焰火筒说，"浪漫故事是永远不死的。它就像月亮一样，永世长存。比如，这一对新郎和新娘就非常相亲相爱。今天早晨我全都听说了，是一个棕色纸做的花筒炮讲的，他知道宫廷里最近的新闻，碰巧和我本人待在同一个抽屉里。"

但是凯瑟琳转轮焰火摇着头。"浪漫故事已经死了，浪漫故事已经死了，浪漫故事已经死了，"她喃喃地说着。她是那样一种人，觉得同一件事情如果反反复复说上许多许多遍，结果就会变成真的。

突然响起一声尖尖的干咳，他们全都转过头去看。

声音来自一枚高大的、神情傲慢的火箭，它被绑在一根长棍子的末端。每次发表高见之前，他总是会咳嗽一下，以此引起大家的注意。

"呃哼！呃哼！"他说，人人都在听，只有可怜的凯瑟琳转轮焰火除外，她仍然在摇着头，喃喃地说："浪漫故事已经死了。"

"秩序！秩序！"一个炮仗喊道。他是个政治家一类的人物，在地方选举中总是占据着显著的位置，所以他懂得恰当地使用议会用语。

"死翘翘了,"凯瑟琳转轮焰火低声说,然后就睡着了。

完全安静下来之后,火箭立刻开始第三次咳嗽。他用非常缓慢、清晰的声音说话,仿佛在口述他的文章似的。他总是不正眼看听他说话的人。事实上,他的举止是非常突出的。

"国王的儿子多么幸运啊,"他评论道,"他结婚的日子正好赶上了我燃放的时间。说真的,即便是事先安排好,对于他来说也不会有更好的结果了;不过王子们总是很幸运的。"

"天哪!"小爆竹说,"我觉得完全是另一回事,燃放我们是为了向王子表示敬意。"

"对于你来说可能是这样,"火箭回应道,"其实,我对此深信不疑。但是对于我来说就不一样了,我是一支非凡的火箭,出身于非凡的家族。当年我母亲是最大名鼎鼎的一支凯瑟琳转轮焰火,以舞姿优雅著称。她在重大公共场合登场时,旋转十九次才飞出去;每一次这样做时,她都向空中抛出七颗粉红色的星。她的直径有三英尺半,是用最好的火药做成的。我父亲与我本人一样,是一枚火箭,拥有法国血统。他飞得太高太高,人们都担心他不会再下来。不过他还是下来了,因为他性情很和善,而且他是化作一阵最辉煌的金雨降下来的。报纸上用非常恭维的措辞来描述他的表演。事实上,《宫廷报》称他是演火术的一大成功。"

"焰火术，你的意思是焰火术吧，"一支孟加拉焰火[①]说，"我知道是焰火术，因为我看到自己的筒身上是这样写的。"

"唔，我说的是演火术，"火箭答道，语气很严厉[②]。孟加拉焰火觉得自己受到压制很没面子，立刻就开始欺负小爆竹，目的是要表明他仍然是个有点重要的人物。

"刚才我说，"火箭接着说道，"刚才我说……我说什么来着？"

"你在说你自己，"罗马焰火筒答道。

"当然，我知道自己刚才在讨论某个有趣的题目，可是被人非常粗鲁地打断了。我讨厌一切的粗鲁无礼和没规矩，因为我极其敏感。整个世界没一个人像我这样敏感，这一点我十分有把握。"

"什么是敏感的人？"炮仗问罗马焰火筒。

"就是一个人，因为自己长了鸡眼，就老是踩别人的脚趾头。"罗马焰火筒悄声耳语道。炮仗听了，笑得差一点炸开。

"请问，你在笑什么？"火箭质问道，"我还没有笑呢。"

"我笑是因为我快乐，"炮仗答道。

"这是个非常自私的理由，"火箭忿忿地说，"你有什

[①] 这是一种用作信号或用于舞台的焰火，发蓝色火焰。——译者注

[②] 这里是火箭发音不准，把pyrotechnic念成了pylotechnic。——译者注

么权利快乐？你应该为别人着想一下。实际上，你应该为我着想一下。我总是在为我自己着想，我希望别人也为我着想。这就是所谓的同情。同情是一种美德，我拥有很高的美德。譬如，假设我今晚出了什么事，对于每一个人，那将是多么大的不幸！王子和公主再也不会快乐了，他们整个的婚姻生活都会受到损害；至于国王，我知道他会一直对这件事耿耿于怀的。说真的，当我开始思考自己地位的重要性时，我感动得几乎要落泪。"

"如果你想给别人欢愉，"罗马焰火筒嚷道，"你最好让自己保持干燥。"

"当然是这样，"孟加拉焰火大声说，他的精神状态已经好多了，"这只不过是个常识。"

"常识，真是的！"火箭很愤慨地说，"你们忘了我非同寻常，很非凡。嗨，倘若没有想象力的话，人人都可以有常识。但我是有想象力的，因为我考虑事情从来不按照它们真实状况。我总是按照完全不一样的状况来考虑事情。至于说我保持干燥，很明显，对于多愁善感的天性，这儿没有一个人具备丝毫的欣赏能力。幸好，我本人对此并不在乎。支撑一个人一生的唯一理念，就是意识到别人全都无比低劣，这就是我一直在培养的一种情感。而你们没有一个人有心肝。你们在这儿笑啊，取乐啊，就仿佛王子和公主刚才没有结婚似的。"

"嗳，说实在的，"一个小焰火气球大声说，"干嘛不乐呢？这是一个最快乐的场合，我腾飞到高空中去时，要把一切都讲给星星们听。我给他们讲漂亮的新郎时，你们会看见星星眨眼睛。"

"啊，多么琐碎平庸的人生观！"火箭说，"不过这也正是我意料之中的。你里面空空洞洞，什么也没有。呃，也许王子和公主会去乡间生活，那儿有一条很深的河；也许他们会有一个独生儿子，一个像王子本人一样，长着一头金发和紫罗兰色眼睛的小男孩；也许有一天，他会和保姆一起出去散步；也许保姆跑到一棵巨大的接骨木树下面，睡着了；也许小男孩会掉进那条很深的河里，淹死。多么可怕的灾祸！可怜的人，失去了他们的独生儿子！真的太可怕了！我会一直为这件事伤心的。"

"但是他们并没有失去独生儿子，"罗马焰火筒说，"根本不曾有灾祸发生在他们身上。"

"我从来没有说真的发生过，"火箭答道，"我是说有可能。如果他们真的失去了独生儿子，再说什么也不会有用了。我讨厌泼翻了牛奶才知道哭的人。但是想到他们有可能失去独生儿子，我心里面当然不自在。"

"当然是的！"孟加拉焰火嚷道，"事实上，你是我遇见过的最不自在的人。"①

"你是我遇见过的最粗鲁的人,"火箭说,"你无法理解我对王子的友情。"

"嗨,你甚至都不认识他,"罗马焰火筒吼道。

"我从来没有说过我认识他,"火箭答道,"我敢说,如果我认识他,我就根本不会做他的朋友。认识自己的朋友,这是一件非常危险的事。"

"你最好还是实实在在让自己保持干燥,"焰火气球说,"这是一件非常重要的事。"

"我确信不疑,对你来说那非常重要,"火箭答道,"但是如果我想哭,我就哭。"他真的迸出了眼泪,泪水像雨滴一样,沿着他的棍子往下淌。两只甲虫正考虑一起安家,想找个干燥的好地方住进去,差一点被他的泪水淹死。

"他肯定有一种真正的浪漫天性,"凯瑟琳转轮焰火说,"因为根本没有事情好哭的时候,他居然哭得出来,"她费力地发出一声深深的叹息,想念着她的松木匣子。

但是罗马焰火筒和孟加拉焰火十分愤慨,他们拔直了嗓门,不停地说着:"骗人!骗人!"他们是极其实际的,只

---

① 这里火箭和孟加拉焰火用的是同一个词affected的两个不同的意思:前者是指受了打击,不好受;后者是指装模作样,矫情。勉强以一个词"不自在"译之。——译者注

要是他们反对的，就称之为骗人。

这时，月亮像一面奇妙的银盾一样升在了空中，星星开始闪光，音乐从王宫里飘了出来。

王子和公主正在舞会上领舞。他们的舞姿那么美，连亭亭玉立的白色百合也透过窗口来窥望；巨大的红色罂粟点着头，打着节拍。

十点敲过了，然后敲了十一点，然后敲十二点。随着最后一下敲响，所有的人来到外面的露台上，国王派人叫来了宫廷焰火师。

"开始放焰火吧，"国王说。宫廷焰火师深深地鞠了一躬，然后大步向花园尽头走去。有六个随从跟着他，每个随从手里举着一支点燃的火炬，火炬绑在长长的竿子上。

确实是一个壮观的场景。

嗞！嗖！凯瑟琳转轮焰火不停地旋转着，上去了。噗！嘭！罗马焰火筒上去了。接着爆竹们在整个场地上跳起舞来，孟加拉焰火把每一样东西都映成了绯红色。"再见，"焰火气球喊道，腾空飞起，一路抛撒着蓝色的小火花。嘭！啪！炮仗应答着，快活无边。人人都取得了巨大的成功，只除了非凡的火箭之外。他哭过以后就受了潮，根本放不起来了。他身体里最重要的东西是火药，被眼泪水一泡，湿透了，失去了效用。他所有的穷亲戚们，平日里他从来不愿意理睬，偶尔和他们说话也是带着冷笑，如今他们都飞上了天，像一

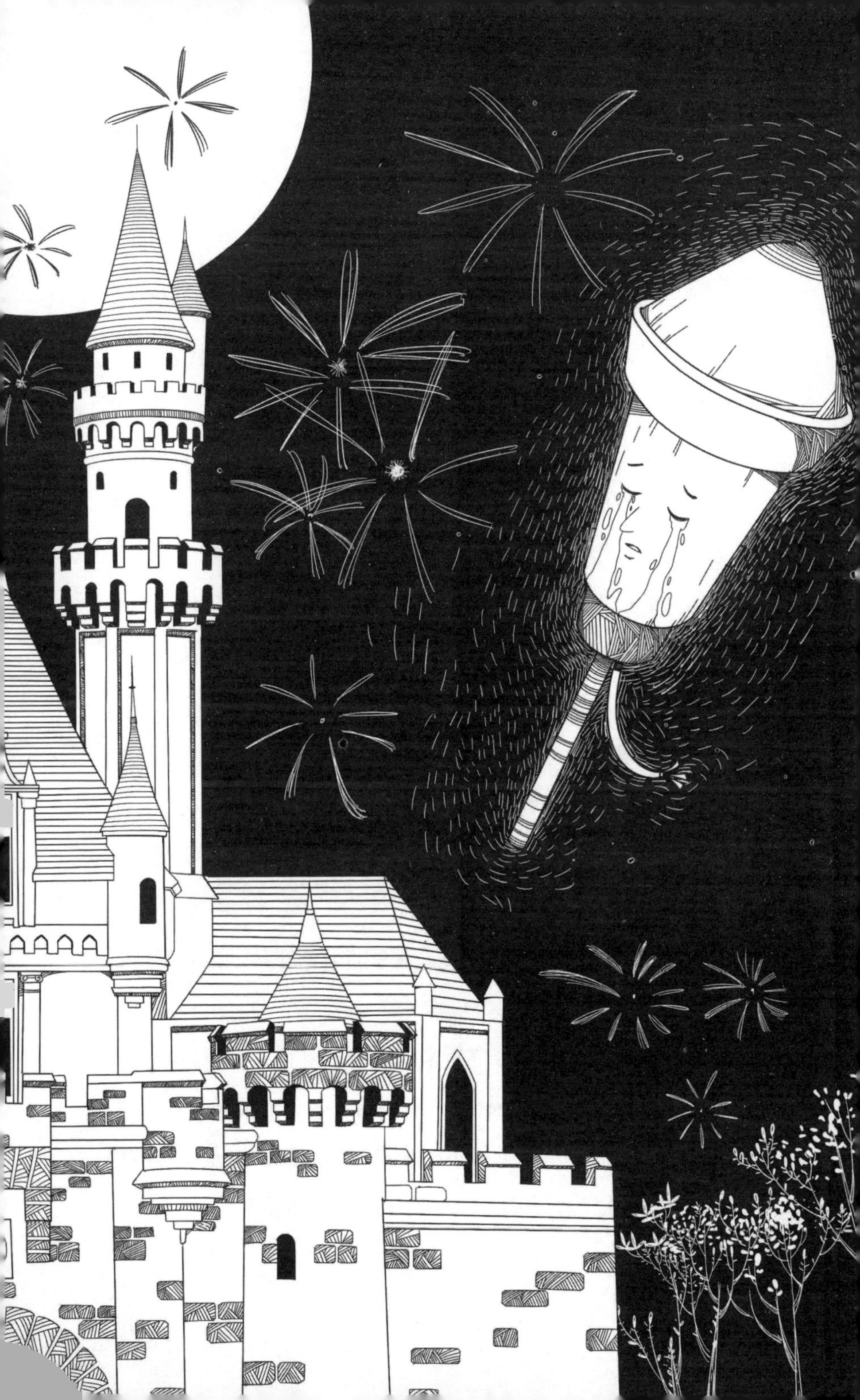

支支金色的奇葩,绽放着火焰的花朵。好哇!好哇!整个宫廷欢呼着;小公主笑开了颜。

"我估计,他们要把我留到某个盛大的场合燃放,"火箭说,"无疑就是这个意思。"他的神情比从前更傲慢了。

第二天,工人们来清理场子。"这显然是一个代表团,"火箭说,"我要以恰如其分的威严来接见他们。"于是他把鼻子翘到天上,很严肃地皱起眉头,仿佛在思考某个非常重大的问题似的。但是他根本就没有得到人家的注意,他们临走时才有一个工人看见了他。"哟嗬!"那工人嚷道,"一支坏火箭!"就把他扔到了墙外,不巧掉进了水沟里。

"坏火箭?坏火箭?"他在空中旋转着翻过墙头时,嘴里说着,"不可能!大火箭,那人一定说的是大火箭。坏和大的发音很相近,其实常常是一样的。"他掉进了烂泥里。

"这儿不舒服,"他评论说,"但无疑是一处时尚的矿泉疗养地,他们送我出来恢复健康的。我的神经确实受了不少损害,我需要休息。"

这时,一只小青蛙,穿着带斑点的绿色外套,睁着亮亮的、宝石一样的眼睛,向他游过来了。

"我看清楚了,是个新来的!"青蛙说,"嗯,毕竟没有什么东西和烂泥是一样的。只要给我一个下雨天和一条沟,我就非常幸福了。你觉得下午会有雨么?我肯定是希望有雨的,但是天很蓝,而且没有一片云彩。真可惜!"

"呃哼！呃哼！"火箭说，他开始咳嗽。

"你的声音真好听！"青蛙嚷道，"真的很像蛙叫。哇叫当然是世界上最悦耳的声音。今晚我们'快乐俱乐部'有个演唱会，你可以来听听。我们坐在农夫房屋旁那个老鸭塘里，月亮一升起来我们就开始唱。歌声太迷人了，人人都躺在床上不睡听我们唱。其实，昨天我刚听见农夫的妻子对她母亲说，由于我们的缘故，夜里她没有能合一合眼睛睡上片刻。发现我们自己那么受大众欢迎，这是最令人满意的。"

"呃哼！呃哼！"火箭很生气地说。他插不上一句话，感到非常恼怒。

"你的声音当然很好听，"青蛙接着说下去，"希望你到鸭塘去。我要走了，去找我的女儿。我有六个美丽的女儿，我非常担心狗鱼会碰上她们。他是个彻头彻尾的魔鬼，会毫不犹豫把她们当早餐。嗯，再见。和你交谈非常愉快，真的。"

"交谈，说得好听！"火箭说，"一直是你一个人在谈。那不是交谈。"

"总得有人做听众，"青蛙答道，"谈话这件事我喜欢一个人来做。这样节省时间，还能防止争执。"

"但是我喜欢争执，"火箭说。

"我不希望争执，"青蛙自鸣得意地说，"争执是极其粗俗的，因为在一个良好的社交圈子里，人人都持有同样的观点。再一次和你道别，我看见远处我的女儿们了。"说完小青蛙就游走了。

"你是个很恼人的人，"火箭说，"而且教养很差。我讨厌你这种人，像我这样的人想说说我自己的时候，你却抢着说你自己。这就是我所说的自私，自私是一种令人深恶痛绝的东西，尤其对于我这种性情的人，因为我是以天生富有同情心闻名的。事实上，你应该以我为榜样，不可能有比我更好的典范了。既然遇上了这个好机会，你最好还是从中受些益处，因为我差不多马上就要回宫廷去了。我在宫廷里是极其得宠的；事实上，昨天王子和公主就为了向我表示敬意而结了婚。当然，这种事你是一窍不通的，因为你是个乡下人。"

"你这样说话没有用，"一只蜻蜓说，他正栖息在一株很大的宽叶香蒲的尖尖上，"一点用处也没有，因为他已经走了。"

"嗯，那是他的损失，不是我的，"火箭答道，"我不会只因为他不注意听，就停止对他说话。我喜欢听我自己说。这是我的大乐趣之一。我常常聊很久，完全是我一个人在聊。我是非常聪明的，有时我说的话我自己一个字也不懂。"

"那你一定要去教授哲学，"蜻蜓说，他展开一双可爱的薄纱翅子，窜到空中去了。

"他居然不待在这儿，真是愚蠢！"火箭说，"我敢肯定，他不是经常有这种改进脑筋的机会的。不过，我才不在乎呢。

像我这样的天才,总有一天会有人赏识。"他在烂泥里又陷得深了一点。

过了一段时间,一只大白鸭向他游过来。她的腿是黄的,脚趾间有蹼,并且因为她走路时摇摇摆摆,被大家看作是一个超级大美人。

"呱,呱,呱,"她说,"你的形状真奇怪!我想问一声,你是生下来就这样的呢,还是出事故后变成这样的?"

"很显然,你一直住在乡下,"火箭答道,"否则你不会不知道我是谁。不过,我原谅你的无知。期待别人像自己一样非凡,那是不公平的。我能飞到天上去,下来时化作一阵金雨;听到这个,你肯定很惊讶吧。"

"我觉得并不怎么样,"鸭子说,"我看不出那样子对人有什么用处。喏,要是你能像牛那样耕田,像马那样拉车,或者像牧羊犬那样看护羊群,那才算一回事。"

"我的好人儿呀,"火箭嚷道,语气非常傲慢,"我看出来了,你属于比较低的阶层。处在我这种地位的人,是从来没有实际用处的。我们有一定的才艺,这就足够足够了。我本人对任何一种行当都没有好感,尤其是对于你仿佛要推荐的那些个行当。事实上,我的观点始终是,艰苦的工作只是无事可干的人的庇护所。"

"好吧,好吧,"鸭子说,她是个性情非常平和的人,从来不和人争执,"每个人趣味都不一样。但无论如何,我希望你会在这儿安家。"

"哦！才不呢，"火箭嚷道，"我只是个访客，一个来访的杰出人物。其实，我觉得这地方相当令人生厌。这儿既没有社交界，也不幽静。事实上，这地方基本上就是郊区了。我大概要回到宫廷去的，因为我知道，我注定会轰动世界。"

"我自己也曾经想过有一天进入公众生活，"鸭子评论道，"有那么多事情需要改良。其实，以前我曾经做过一个会议的主席，我们通过了一些决议，谴责我们不喜欢的各种事情。但是，那些决议似乎并没有产生多大作用。如今我从事家政，照顾我的家庭。"

"我天生就是要参与公众生活的，"火箭说，"我所有的亲戚也都是如此，即便是他们中最卑贱的人也不例外。我们只要一出场，就会引起人们极大的关注。我本人尚未真正出场过，但是假如我出场，那必定会是一个壮观的景象。至于说家政，它会让人老得很快，使人分心，疏忽更高尚的事情。"

"啊！生活中更高尚的事情，多么美好哟！"鸭子说，"这提醒了我，我觉得好饿。"她顺着流水游走了，嘴巴里说着："呱，呱，呱。"

"回来！回来！"火箭尖叫道，"我有好多话要对你说。"但是鸭子对此毫不理会。"很高兴她走了，"他对自己说道，"她有一个很决然的中产阶级头脑。"他在烂泥里又陷得深了一点，开始思考天才的寂寞。这时，沿着沟岸，忽然跑来了两个身穿白色罩衫的小男孩，他们拿着一把水壶和几捆柴禾。

"这一定是代表团了，"火箭说，马上做出一副非常尊贵的样子。

"喂！"一个男孩嚷道，"瞧这儿有根旧棍子！不知道是从哪儿来的，"他把火箭从沟里捡了起来。

"旧棍子！"火箭说，"不可能！他一定说的是金棍子。金棍子是很恭维的词儿。事实上，他误认为我是宫廷显要了！"

"把它放到火上去吧！"另一个男孩说，"能让壶里的水快些烧开。"

于是他们把柴禾堆在一起，把火箭放在柴禾堆顶上，点着了火。

"这很壮观，"火箭嚷道，"他们要在青天白日里燃放我，好让人人都看见我。"

"现在我们去睡吧，"他们说，"一觉醒来，壶里的水就开了。"他们在草地上躺下，闭上了眼睛。

火箭很潮湿，所以过了很长时间才烧起来。无论如何，它终于着火了。

"现在我要放上去了！"他高喊着，把身体挺得笔直，"我知道，我会升得比星星高许多，比月亮高许多，比太阳高许多。事实上，我会高到……"

嘶嘶！嘶嘶！嘶嘶！他直上青天。

"真令人高兴！"他喊道，"我会永远这样升上去。我多么成功啊！"

可是没有人看见他。

这时他觉得全身在起一种奇特的刺痛感。

"现在我要爆炸了，"他喊道，"我会把全世界点着，制造出特别大的动静，让他们整整一年只说我，不谈别的事情。"他确实爆炸了。嘭！嘭！嘭！火药点着了。这一点是毫无疑问的。

可是没有人听见他，连那两个小男孩也没有听见，因为他们睡得正酣。

现在他只剩下一根棍子了，它掉下来，正好砸在一只在沟边散步的鹅的背上。

"天哪！"鹅嚷道，"要下棍子雨了，"她冲进了水沟里。

"我知道我会造成巨大轰动的，"火箭喘息着说，然后就灭了。

石榴之家

少年国王

加冕日前夜,少年国王独自一人坐在美丽的寝宫里。大臣们已经按照当时的礼节,一躬到地,然后退下,到王宫大殿里,跟着礼仪教授上最后几节课去了。他们中仍有几位举止不合乎规距,不必说,在宫廷里,这是犯大忌的。

那少年——只能称他少年,因为他只有十六岁——在他们离开之后并不感到难过,他长长地吐出一口气,猛地往后一仰,靠在刺绣长榻椅的软垫子上,躺在那儿,圆睁着眼睛大张着嘴,活像林地里的棕色牧神,也像是森林里刚落入猎人陷阱的一头幼兽。

确实,找到他的正是几个猎人。他们几乎是意外地撞见了他,看见他赤着两支手臂两条腿,手中拿着牧笛,跟在那个把他养大的穷苦牧羊人的羊群后面。他一直以为自己就是牧羊人的儿子，其实他母亲是老国王唯一的孩子，她和一个地位远比她低下的人私下里结合生下了他。有人说，那是一个陌生人，他的诗琴演奏有奇妙的魔力，令年轻的公主爱上了他；另外一种说法是，那人是从里米尼①来的一位艺术家，公主给了他很多荣幸，也许太多了，他连大教堂的画作都没有完成，就突然从城里消失了踪迹。孩子只有一周大的时候，就被人趁母亲熟睡着，从她身边偷走，送交给一对自己没有孩子的普通农民夫妇去照管了。他们住在森林里较远的一端，从城里骑马过去，要一天的时间。生下他的那个苍白的姑娘，醒过来不到一个小时就死了，不知是因为悲伤过度，还是如御医所述死于瘟疫。也有一种说法，暗示她喝了一杯下了急性意大利毒药的香料酒。一位忠心的使者把孩子横放在马鞍的前鞍桥上扬鞭而去；当疲惫不堪的马儿来到牧羊人的茅屋前，使者敲开那扇粗陋的屋门时，公主的尸首正在下葬。墓穴开在城门外一个荒凉的教堂墓地里，据说里面还躺着另外一具尸体，是一个年轻男子，外国人的相貌，惊若天人。他的双手被绳子反捆在背后，胸前多处被刺出了鲜红的伤口。

至少，人们窃窃私语互相传述的就是这样一个故事。当然，派人把少年找回来的正是临终时的老国王，他当着受嘱

---

① 意大利一海港。——译者注

众臣的面,承认了少年是他的王位继承人。不知这是因为他痛悔当年的深重罪孽呢,还是只因为不希望断了他这一支的血脉,让王权旁落。

从认祖归宗的第一刻起,少年似乎就显露出了一种异乎寻常的迹象,那就是对于美的激情。这种爱好,注定会对他的一生产生巨大影响。他第一次去预备给他使用的那套房间时,几个陪伴他的侍从,事后时常说起,当他看到为他预备的华美衣服和昂贵珠宝时,嘴里发出的那种快活的叫声;还说他把粗糙的束腰兽皮外衣和羊皮披风脱下来甩在一旁时,简直是欣喜若狂。有时,他确实怀念从前在森林里那种自由自在的生活。单调乏味的宫廷礼仪每天占去很多时间,总是令他生出厌烦的情绪,但是宫殿美仑美奂——他们叫它欢乐宫,现在它的主人是他本人了——对于他似乎是一个新世界,是为了让他愉悦新近设计出来的。一有机会从会议桌旁或觐见室里逃出来,他就从装饰着镀金铜狮子、铺着亮色云斑石梯级的巨大楼梯上跑下去,游荡在一个个房间、一条条走廊里,像是要寻找美作为止痛药,来解除痛苦、治愈疾病。

他称之为发现之旅。确实,对于他,那是真正的奇境漫游。有时,会有金发的宫廷男侍陪伴着他,他们身材细长,身上飘动着披风和色彩鲜艳的饰带。但更多的时候,他独自一人待着,透过一种几乎是神授的敏锐直觉,感知到:对于艺术的秘密,最好秘密地去学习;美像智慧一样,喜爱孤寂的崇拜者。

那段时间,有许多古怪的故事与他有关。据说,一个胖市长代表城里的市民,来向他作一番词藻华丽的陈述时,碰见他毕恭毕敬跪在一幅刚从威尼斯捎来的巨幅画作前面,似乎是在宣示对某些新神的膜拜。又有一回,他失踪了几个小时,找了半天,才发现他在王宫北塔楼的一间小室里,像丢了魂一样,凝视着一块雕着阿多尼斯[①]像的希腊宝石。传闻有人看见,他把温暖的嘴唇贴在一座古代雕像的大理石额头上,那是建造石桥时偶然在河床中发现的,上面刻着哈得良所拥有的俾斯尼亚奴隶的名字[②]。他还花了一整夜时间,观察月光照在恩狄米昂[③]银像上的效果。

所有稀罕和昂贵的物件,必定对他有巨大的吸引力;他急迫地想要得到它们,所以向各地派出了许多商人。有的乘船去北方的海洋,向粗野的渔民买琥珀;有的去埃及,寻觅奇特的绿松石,那只有在国王们的坟墓中才能找到,而且据

[①] 希腊神话中一位令世间所有人与物失色的美男子,爱神维纳斯和冥后珀耳塞福涅争着爱他。——译者注

[②] 哈得良为古罗马皇帝,俾斯尼亚为地中海一古国,也是海湾名称。这个奴隶是个美少年,名字叫安提诺乌斯,是哈得良的同性男宠。——译者注

[③] 希腊神话中月亮女神所钟爱的美少年。——译者注

说它们拥有魔力。有的去波斯，购买丝绸毡毯和彩陶。另一些去印度，采办薄纱和染色象牙、月长石和翡翠镯子、檀香木和蓝色珐琅，还有精纺羊毛披肩。

但他最着迷的是加冕时要穿的王袍，那件用轻纱一般的金线织成的袍子，还有那顶镶红宝石的王冠，那根嵌着一排排一圈圈珍珠的权杖。其实，今晚他仰躺在华丽的长榻椅上，眼睛盯着敞开的壁炉里那根燃烧着的大松木时，脑子里想的全是这个。它们的设计出自当时最著名的艺术家之手，几个月前就呈给他看过了。他下令工匠们日夜辛苦赶工，把他们做出来；并且派人去寻觅配得上他们的杰作的珠宝，即便找遍整个世界也要找到。他在想象中看见自己穿戴着华美的国王服饰，站在大教堂高高的圣坛上。笑容爬上了他稚嫩的嘴唇，荡漾开来；他那双深色的林地居民的眼睛，闪现出了欢快的光亮。

过了一会儿，他从长榻椅上站起来，背靠在雕花的烟囱护沿上，环顾灯光昏暗的寝宫。墙上挂着富丽堂皇的壁毯，它们象征着美的胜利。一个装着玛瑙和青金石的壁橱，把一个角落填满了。面对窗户，立着一个造型奇巧惊人的陈列柜，清漆面板上涂着金粉嵌着金丝，柜子上放着威尼斯玻璃的高脚酒杯，非常精致，还有一只黑纹缟玛瑙的杯子。床上的银色被子上绣着浅色的罂粟花，仿佛是从睡着了的疲倦的手中掉下来的一样。高高的、带有凹槽的象牙杆支撑起天鹅绒顶篷，顶篷上篷起着一大簇一大簇的鸵鸟羽绒，像白色泡沫一样，腾向天花板上的白银回纹浮雕。一座那喀索斯[①]青铜像笑容满面，把一面光洁的镜子举过头顶。桌子上放着一只浅浅的紫水晶碗。

他向窗外望去，看见大教堂的巨大穹顶，像一个气泡一样，隐隐约约地悬浮在一片影影幢幢的房屋上方。疲惫的哨兵们，沿着河边雾气濛濛的台地，来回踱步。远远地，在一座果园里，一只夜莺在歌唱。一缕淡淡的素馨花的芳香，透过敞开的窗飘了进来。他把前额上的棕色发卷捋到后面，拿起一支琵琶，手指在琴弦上漫不经心地拨动着。他的沉重的眼睑垂了下去，一阵奇怪的倦意向他袭来。他从来不曾像现在这样，如此强烈，或者说带着如此强烈的快感，感受到美的事物的魔力和神秘。

钟楼的钟声敲响子夜时，他拉了一下铃，进来几个男侍，按照繁复的礼仪给他更衣。他们在他手上浇玫瑰花水，在他的枕头上撒鲜花。他们离开寝宫没多一会儿，他就睡着了。

他睡着后做了一个梦，是这样一个梦。

他觉得自己站在一间又长又矮的阁楼里，四周是许多织布机呼呼的转动声和咔咔的撞击声。微弱的日光透过格栅窗探进来，给他照亮了织工们在织架上方弯着背的瘦削身影。

[①] 希腊神话中爱上自己的美少年。——译者注

苍白的、带病容的孩子们，蹲在巨大的横梁上。梭子疾速穿过经线时，他们提起沉重的压板；梭子停下时，他们放开压板，让它们落下去把线压拢。他们的脸上呈现着饥饿蹂躏的印迹，他们的双手在哆嗦、颤抖。几个憔悴的妇人坐在桌旁缝纫。整个屋子里充满了一种可怕的臭味。空气滞重难闻，墙壁上滴着水，渗出了湿淋淋的水痕。

少年国王向一个织工走去，站在他旁边，看他工作。

织工气忿忿地看着他，说："你干嘛盯着我？是我们的主人派你做探子，来监视我们的么？"

"谁是你们的主人？"少年国王问。

"我们的主人！"织工嚷道，语气很尖刻，"他是一个和我本人一样的人。我们之间只有一个差别，那就是：他锦衣华服，我破衣烂衫；我饿坏了身体，他却吃撑了难受得不轻。"

"这是个自由的国家，"少年国王说，"你不是谁的奴隶。"

"打仗的时候，"织工答道，"强壮的拿体弱的当奴隶；和平的时候，富人拿穷人当奴隶。我们要活下去就得干活，他们给的工钱却让我们活不了。我们整天为他们劳累，他们钱箱里金子成堆；我们的孩子不到成年就夭折，我们所爱的人的面容也变得凶恶难看了。我们采制葡萄，别人喝葡萄酒。我们播种谷物，自己的餐桌上却是空的。我们戴着锁链，虽然这锁链眼睛看不见；我们是奴隶，虽然别人称我们自由人。"

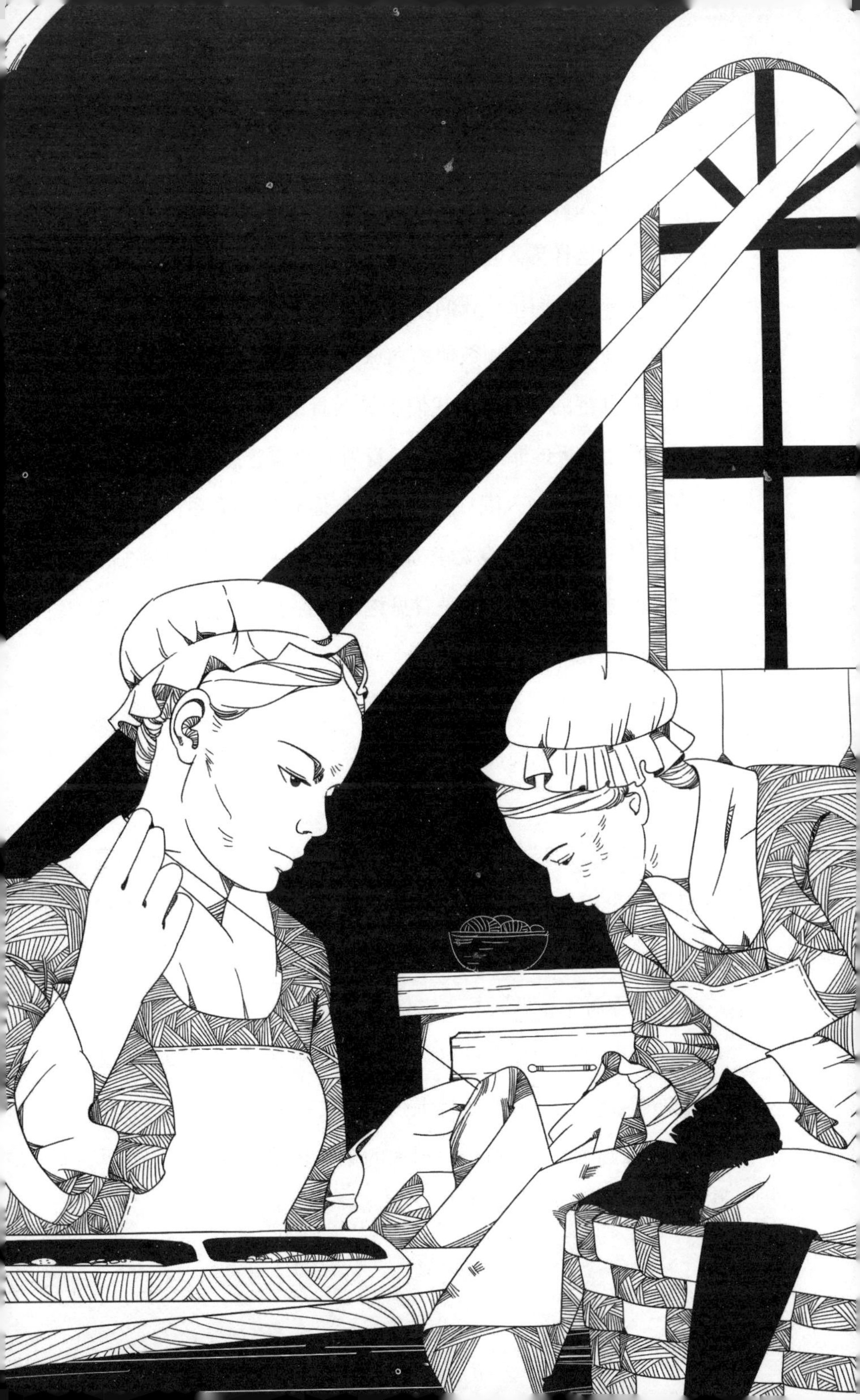

"所有人都这样？"他问。

"所有人都这样，"织工答道，"年轻的这样年老的也这样，女人这样男人也这样，年幼的孩子这样上了岁数的老人也这样。商人们压榨我们，他们吩咐什么我们就得做什么。牧师骑着马经过，只顾数他的念珠，没有人把我们当一回事。贫穷睁着饥饿的眼睛，在我们不见天日的小巷里不声不响地窜行，面孔呆板的罪恶紧跟在她身后。早晨悲惨把我们叫醒，夜晚耻辱陪伴我们入眠。但这一切与你有什么关系？你不是我们中的一员。你的脸太幸福了。"他皱着眉头转过身去，把梭子投过织机，少年国王看见梭子上穿着一根金线。

一种巨大的恐怖攫住了他，他问织工："你织的这是什么袍子？"

"少年国王加冕时穿的袍子，"他答道，"和你有什么相干？"

少年国王大叫一声，醒了过来。看哪，他是在自己的寝宫里，透过窗户，他看见一轮巨大的蜜色的月亮，悬在昏暗的空中。

他又睡着了，做起梦来。是这样一个梦。

他觉得自己躺在一艘巨大的木船的甲板上，一百个奴隶在划那条船。他身旁的地毯上坐着船主。他黑得像乌木，缠头巾是绯红色的丝绸料子，很大的银耳环垂挂在厚厚的耳垂上。他手里端着一副象牙天平。

奴隶们光着身子，只缠着一条破烂的腰布，一个挨一个用链条互相锁在一起。灼热的太阳火辣辣地照在他们身上；黑人们在过道里跑上跑下，用兽皮鞭子抽打他们。他们伸展着瘦瘦的手臂，握着沉重的桨，在水里划动着。桨叶上咸水四溅。

最后他们来到一个小港湾里，开始测水深。海岸上吹来一阵轻风，飙起一片红色的灰尘，罩在甲板和巨大的三角帆上。三个阿拉伯人骑着野驴冲出来，对他们投掷长矛。船主拿一起一张画弓，引箭射中了其中一个人的喉咙。他重重地摔落在海浪上，他的同伙们飞奔而去。一个蒙着黄色面纱的妇人骑着骆驼慢慢地跟在他们后面，不时回过头来看那具尸首。

黑人们抛下锚、收起帆之后，立刻走进底舱，拿上来一架长长的绳梯，绳梯上坠着重重的铅，增加重量。船主把绳梯从船的一侧扔下海去，把它的上端固定在两个铁墩子上。接着，黑人们抓住奴隶中最年轻的那一个，卸去他的脚镣，用蜡封住他的鼻孔和耳朵，在他腰里拴了一块大石头。他吃力地爬下绳梯，没入海水里不见了。他下去的地方冒上来几个泡泡。其余奴隶中，有几个好奇地从船侧窥望着海面。船舷坐着一个驱鲨人，节奏单调地擂着一面鼓。

过了一会儿，潜水者浮到水面上来了，他右手里握着一颗珍珠，气喘吁吁地把身体贴紧在绳梯上。黑人们从他手里把珍珠抓过来,又把他推下了水。这时其余奴隶已经俯伏在桨上,睡着了。

潜水者一次又一次地浮上来,每一次都带上来一颗美丽的珍珠。船主称一称珍珠的重量,然后放进一个绿色的小皮囊中。

少年国王想说话,但舌头仿佛粘在了上颚上面,嘴唇不能动弹。黑人们交谈着,为了一串亮珠子,开始争吵。两只鹭鸟绕着船飞来飞去。

这时潜水者最后一次浮上了水面,这一次他带上来的珍珠比霍尔木兹岛[①]的所有珍珠更美,因为它形状像一轮满月,洁白胜过晨星。但潜水者的脸苍白得出奇,他刚倒在甲板上,血就从他耳朵和鼻孔里涌出来。他颤抖了几下,便不动了。黑人们耸耸肩,把尸体扔出船舷,丢下了海。

船主大笑着,伸手拿过珍珠;看过之后,他把它摁在前额上,鞠了一躬。"这颗珠子,"他说,"是要用到年轻的国王的权杖上去的。"他向黑人们打了个手势,叫他们起锚。

听到这句话,少年国王发出一声大叫,醒了。透过窗户,他看见黎明那长长的灰色手指,正在摘取那些黯淡下去的星星。

[①] 位于霍尔木兹海峡内,霍尔木兹海峡在伊朗和阿拉伯半岛之间,连接波斯湾和阿曼湾。——译者注

他又睡着了,做起梦来。是这样一个梦。

他觉得自己游荡在一片幽暗的林子里,树枝上坠着奇异的果子,开着美丽但是有毒的花。他走过去时,蝰蛇冲着他咝咝地吐信,色彩鲜艳的鹦鹉尖叫着从枝头飞向枝头。巨大的乌龟趴在热烘烘的淤泥里,睡着了。树林里到处是猿和孔雀。

他不断向前走,最后来到林子边缘,看见一望无际的人群,在一条河干涸的河床上做苦工。他们像蚂蚁一样云集在岩石碎片上。他们在地上挖出深深的坑,下到坑里去。有些人在用大斧子劈岩石,还有些人在掏沙子。

他们把仙人掌连根拔起,把绯红色的花朵踩在脚下。他们互相喊叫着,匆忙地工作着,没有一个人闲着。

死神和贪婪藏身在一个洞里,在黑暗中守望着他们。死神说:"我累了,把三分之一的人给我,让我走吧。"但是贪婪摇了摇头。"他们是我的仆人,"她回应道。

死神问她:"你手里拿着什么?"

"是三粒谷子,"她答道,"这与你有什么相干?"

"给我一粒,"死神嚷道,"让我种在我的园子里;只要给我一粒,我就走开。"

"我什么也不会给你,"贪婪说,她把手藏到了衣服的褶缝里。

死神笑起来,他拿出一个杯子,浸到池塘里,疟疾便从杯子里冒了出来。她从人海中穿过,三分之一的人便倒下死去了。一团冷雾跟在她身后,水蛇窜行在她身旁。

贪婪看见那一大片人死了三分之一,便捶胸大哭。她击打着枯瘦的胸脯,哭得很响。"你杀死了我三分之一的仆人,"她哭叫着,"你可以走了。鞑靼的大山里在进行战争,双方的国王都在召唤你。阿富汗人杀了黑牛,正在开往战场。他们已经用长矛擂击过盾牌,戴上了铁的头盔。我的山谷与你有什么相干,你竟迟迟地不肯离开?你走吧,别再回来。"

"不行,"死神答道,"你不给我一粒谷子,我就不走。"

但是贪婪捏紧了手,咬紧着牙关。"我什么也不会给你,"她咕哝道。

死神笑起来,他拿起一块黑石头,把它扔进森林,热病便穿着火焰的袍子,从野毒芹丛中走了出来。她从人海中穿过,触摸着他们;人一被她碰到,便死了。她的脚从草上踏过,草就枯萎了。

贪婪浑身直颤,把灰抹到自己头上。"你真残忍,"她哭叫道,"真残忍。印度的有城墙的城中发生了饥荒,撒马尔罕[①]的贮水池已经干涸。埃及的有城墙的城中发生了大饥荒,蝗虫从沙漠涌进了城乡。尼罗河水漫过了河岸,僧侣们

[①] 中亚古城,位于现乌兹别克斯坦境内。——译者注

咒骂着伊西斯和奥西里斯①。你走吧,到需要你的人那儿去,饶了我的仆人们。"

"不行,"死神答道,"你不给我一粒谷子,我就不走。"

"我什么也不会给你,"贪婪说。

死神又笑起来,他把手指放到嘴边打个唿哨,便有一个女子从空中飞了过来。她的前额上写着"瘟疫"两个字,一群精瘦的秃鹰在她的周围盘旋着。她用翅膀罩住了山谷,下面的人死得一个不剩。

贪婪尖叫着穿过森林逃走了,死神跳上他那匹红色的马,飞驰而去,他飞驰得比风还要快。

从山谷底里的黏泥中爬出了恶龙和可怕的长鳞片的怪物,豺狼钻出来,在沙子上小跑着,仰起鼻子嗅着空气。

少年国王哭了,他说:"这是些什么人,他们在这儿寻找什么东西?"

"寻找国王王冠上用的红宝石,"站在他身后的一个人说。

少年国王吓了一跳,他转过身去,看见一个朝圣者打扮的人,手里拿着一面银镜。

他脸色苍白,问道:"哪一个国王?"

朝圣者答道:"看一看这一面镜子,你就看到他了。"

---

① 前者为古埃及的繁殖女神,后者为古埃及的主神,繁殖女神的丈夫。——译者注

他向镜子望去，看见了自己的脸，大叫一声醒了过来。明亮的阳光正泻进寝宫，花园和庭园里的树上，鸟儿在歌唱。

宫廷内侍和国务大臣们走进来，向他行了君臣之礼。男侍取来了金线织成的轻纱一般的王袍，把王冠和权杖放在他面前。

少年国王看着那些东西。它们很美，比他见过的任何东西更美。但他记起了他做过的梦，他对那些贵族们说道："把这些东西拿走，我不要用它们。"

大臣们非常惊愕，有的人笑了起来，因为他们以为他在开玩笑。

但是他又一次严厉地对他们发话了，他说："把这些东西拿走，不配让我看见它们。虽然今天是我的加冕日，我也不想用它们。因为我这件袍子，是苍白的痛苦之手，在悲惨的织机上织成的。红宝石的心里是鲜血，珍珠的心里是死亡。"然后他给他们讲了他的三个梦。

大臣们听过以后，面面相觑，低声交谈着，他们说："他一定是疯了；梦只不过就是个梦，幻觉只不过就是个幻觉，是吧？并不是真事，不必当真。为了那些为我们辛苦做工的生命，我们有什么非做不可的呢？难道一个人不去看望播种的人，就不该吃面包；不和葡萄园丁交谈，就不该喝葡萄酒么？"

宫廷内侍对少年国王发话了，他说："陛下，我请求您把这些阴郁的想法抛开,穿上这件漂亮的袍子,把这顶漂亮的王冠戴到头上。如果你没有国王的衣冠,民众怎么认得你是国王呢?"

少年国王看着他:"是么,真的?"他问,"如果我没有国王的衣冠,他们就不认得我是国王?"

"他们不会认得你的,陛下,"宫廷内侍大声说。

"我还以为,有的人天生就像是国王呢,"他答道,"也许真像你说的那样。但我还是不会穿这件王袍,戴这顶王冠。我当初进王宫时是什么样,现在走出去也是什么样。"

他吩咐他们全体退出去,只留下男侍,一个比他本人小一岁的少年。他留下那少年伺候他。他在清水里沐浴完毕之后,打开了一个上过漆的大箱子,从里面取出束腰兽皮外衣和粗糙的羊皮披风,那是他在山坡上给牧羊人放牧粗毛山羊时,身上的穿戴。他穿上这些衣服,把他那根粗糙的牧羊杆拿在手里。

小男侍惊讶地瞪着他那双大大的蓝眼睛,微笑着对他说:"陛下,我看见您的王袍和权杖了,但是您的王冠在哪儿呢?"

少年国王折下一根爬到露台上的野荆棘藤,把它弯过来,做成一个圆环,戴在自己头上。

"这就是我的王冠,"他答道。

他就这样穿戴着,走出寝宫,向大殿走去。贵族们正在那儿等他。

贵族们拿他打趣，有的向他喊叫："陛下，民众在等他们的国王，您却让他们看一个乞丐，"另一些人很生气，他们说："他让我们的国家蒙羞，不配当我们的主子。"但他一个字也没有回答他们，只管走过去，走下巨大的亮色云斑石楼梯，走出青铜大门，跨上马，向大教堂驰去，小男侍小跑着跟在他旁边。

民众们大笑，说："骑在马上的是国王的弄臣。"他们拿他取笑。

他勒住马缰，说道："不，我就是国王。"他给他们讲了他的三个梦。

一个男子从人群中走上前来，严厉地向他发了话，他说："陛下，您不知道，富人奢华，穷人才能活命？您炫富摆阔的毛病，让我们得到滋养；您挥霍浪费的恶习，使我们有了面包。给苛虐的主人做苦工确实很惨，可是没有机会给主子做苦工更惨。您以为渡鸦会叼食物来给我们么？事情就是这样，您又有什么办法来改正？难道你能对买家说'你出这些钱买'，对卖家说'你得按这个价卖'么？我不信。所以啊，您还是回王宫去，穿上您精美的紫色亚麻衣吧。我们这些人，我们所受的苦，和您有什么相干呢？"

"难道富人和穷人不是兄弟么？"少年国王问道。

"是啊，"那人说，"可那个富人兄长的名字叫该隐①。"

少年国王的眼睛里噙满了泪水,他骑着马从咕哝着的民众中间穿过,继续前行。小男侍感到害怕,撇下他不管了。

他来到大教堂那巨大的大门前时,士兵们把戟一横,说道:"你来这儿找什么?这道门谁也不许过,只有国王才可以进来。"

他很生气,涨红了脸,对他们说:"我就是国王。"就把他们的戟拨到一边,进了门。

年老的大主教看见他穿着牧羊人的衣服进来,很惊讶地从宝座上站起身,趋上前来迎他,对他说:"我的孩子,国王就是这身打扮么?我拿什么当王冠给你加冕,拿什么权杖给你的手授权呢?当然,今天本该是你享快乐的日子,而不是受屈辱的日子。"

"难道快乐应该穿着悲伤所制作的衣裳么?"少年国王说。他给他讲了那三个梦。

大主教听后锁起眉头,说道:"我的孩子,我是个老人,已经到了我生命的冬天。我知道,广阔的世界里有许多邪恶的事发生。残暴的强盗从山上下来,掳走小孩子,把他们卖

---

① 圣经中的人物,不义的该隐虐待并杀死了他的兄弟亚伯。——译者注

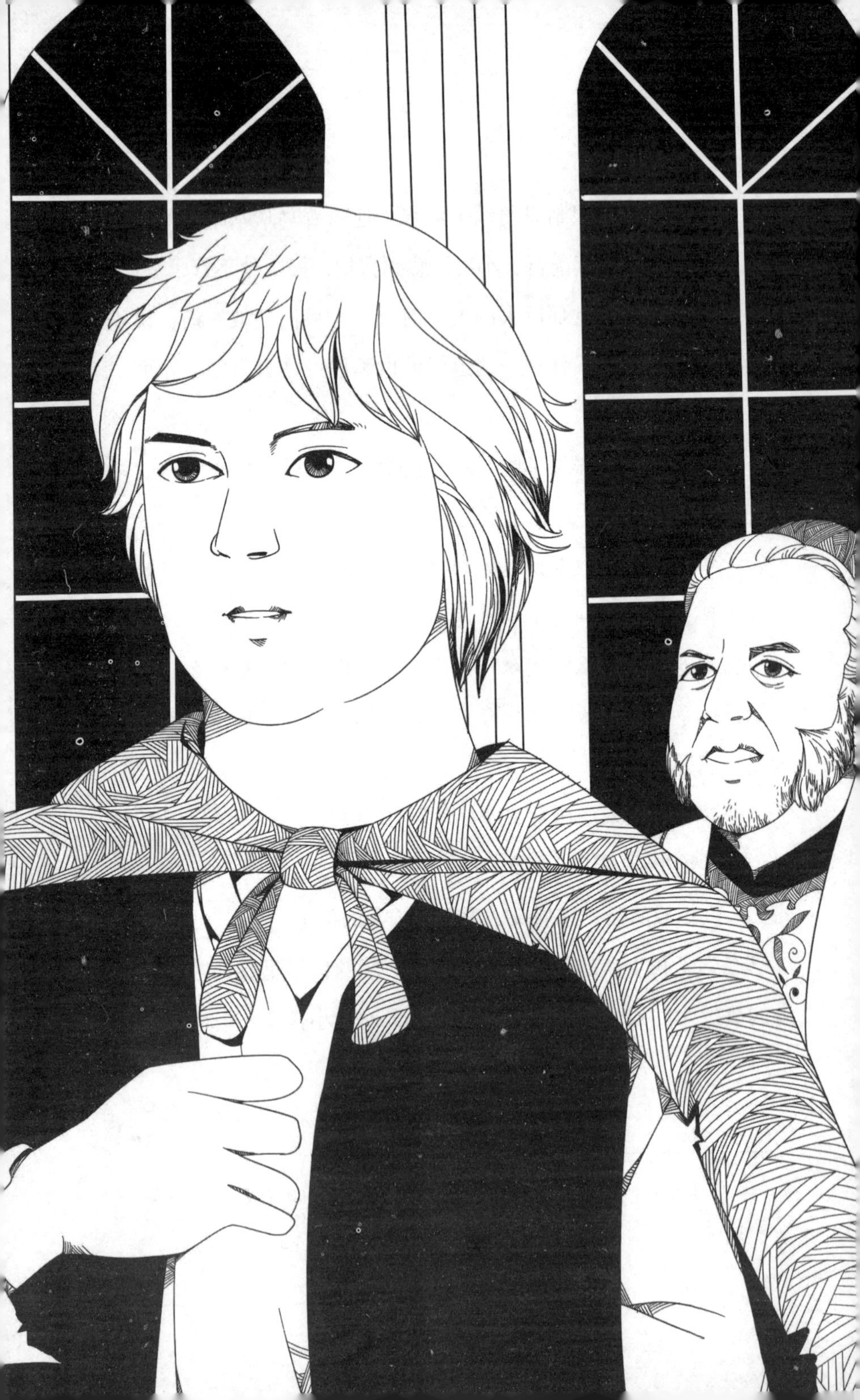

给摩尔人[1]。狮子趴在地上等候旅行队,扑过去猎杀骆驼。野猪在山谷中把谷物连根拔起,狐狸在山坡上啃葡萄树。海盗把海岸洗劫一空,纵火烧渔夫的船,夺走他们的鱼网。麻疯病人住在盐沼泽里,用芦苇搭房屋,谁也不敢靠近他们。乞丐在城里流浪,与狗同食。你能阻止这些事情发生么?你愿意和麻疯病人同榻而眠,把乞丐请到你的餐桌旁来么?狮子会听你的吩咐,野猪会服从你的命令么?创造出悲苦的他[2]难道不比你更聪明?因此,你这样做我不赞成,我要你骑上马回到王宫里,脸上做出快乐的表情,穿上合乎国王身份的衣服。我会用金冠给你加冕,把镶珍珠的权杖授到你手里。至于你那些梦,别再去想它们了。这个世界的负担太重,光靠一个人是承载不住的,世上的悲苦太多,只凭一个人的心无法承受。"

"在这殿堂里,你居然说出这样的话?"少年国王说道。他大踏步从大主教面前走过,登上圣坛的台阶,站在基督像前。

他站在基督像前,右手边和左手边是美仑美奂的黄金器皿,盛放着黄色酒液的圣餐杯,装着圣油的圣油瓶。他跪倒在基督像前,巨大的蜡烛在镶宝石的神龛上燃放出明亮的光,香柱的烟盘绕成淡淡的蓝色圆环,升向穹顶。他垂着头祈祷,

---

[1] 非洲西北部一个黑人民族。——译者注
[2] 指上帝。——译者注

那些身穿笔挺的法衣的教士,悄然离开了圣坛。

突然,外面街道上传来了纷乱的骚动声。贵族们携着出鞘的剑,擎着光亮的钢盾,身上的羽饰颤动着,闯了进来。"那个做梦的梦中人在哪里?"他们叫嚷着。"打扮得像乞丐的国王在哪里,那个让我们国家蒙羞的少年?我们一定要杀了他,因为他不配统治我们。"

少年国王重新低下头,继续祈祷。做完祷告后他站起来,转过身去,用悲哀的目光看着他们。

看哪!阳光透过彩绘玻璃,倾泻在他身上。光线围着他织成了一件轻如薄纱的袍子,比他为了消遣而自己设计的那件王袍更美。那根枯死的牧羊杆开花了,开出了比珍珠更洁白的百合。那枝干枯的荆棘开花了,开出了比红宝石更红艳的玫瑰。比最柔润的珍珠更洁白的,是那些百合,它们的梗是白银。比最阳刚的红宝石更红的,是那些玫瑰,它们的叶是金箔。

他穿戴着国王的服饰站在那儿,镶宝石的神龛的门忽地开了,从光芒璀璨的圣体匣的水晶中,射出一道奇迹般的神秘的光。他穿戴着国王的服饰站在那儿,上帝的荣光充满了那地方,连雕花壁龛里的圣徒们好像也在动了。他穿戴着悦目的国王服饰站在人们面前,管风琴奏出了音乐,号手吹响了小号,唱诗班的男童们唱起了圣歌。

民众敬畏地跪倒在地。贵族们把剑插回鞘中,向他致敬。

大主教的脸变得苍白，他的手在颤抖。"比我更伟大的他已经为你加冕，"他大声说道，跪倒在他面前。

少年国王从高高的圣坛上下来，从人群中间穿过，回王宫去。但是没有一个人敢看他的脸，因为那脸庞正像天使的面容。

公主的生日

这一天是公主的生日。她正好十二岁,王宫的花园里阳光明媚。

虽说她是个真正的公主,一个西班牙公主,但也和很穷的人家的孩子一样,一年只有一个生日。所以,趁此机会,让她过上真正美好的一天,这一点对于整个国家来说,自然是一件极其重要的大事。这确实是真正美好的一天。高大的彩纹郁金香挺直地立在花梗上,像一排士兵,它们用藐视的眼神,望着草地对面的玫瑰花,说道:"现在,我们完全跟你们一样光彩照人了。"紫色的蝴蝶扇动着敷金粉的翅膀,轮番造访每一朵花。小蜥蜴从墙上的裂缝里爬出来,在耀眼的白色阳光下晒太阳。石榴被晒热了,哔哔卜卜地裂开来,露出渗血的红心。沿着拱廊挂满了格子花棚架的淡黄色柠檬,似乎从美妙的阳光里了汲取了更绚丽的颜色。木兰树打开一个个层叠象牙似的大圆球花苞，给空气里注满了浓郁的甜香。

小公主本人和她的玩伴们一起，在露台上走来走去，绕着石头花瓶和长了青苔的古石像捉迷藏。在平常的日子里，大人只允许她和同阶层的孩子们一起玩耍，所以她总是一个人玩；但生日是个例外，国王下了旨意，她可以邀请她喜欢的任何小朋友过来，和她一起娱乐。这些苗条的西班牙孩子身轻如燕地溜过来溜过去，体态庄严优雅。男孩子戴着插了许多羽毛的帽子，披着飘飘荡荡的短斗篷；女孩子托着长长的锦缎裙裾，用银、黑两色的巨大扇子给眼睛遮阳。公主是众人中最优雅的，穿的衣服最有品味，合乎当时那种繁复的时尚。她的袍子是灰色的缎子，裙子和宽大膨起的袖子上用银丝绣满了花，硬挺的胸衣上缀着一排排柔润的珍珠。她走动的时候，从衣服下面露出一双缀着大朵粉红色玫瑰花结的小拖鞋。她那把大薄纱扇是粉红色夹着珍珠色的，她的头发像一圈暗金的光晕，挺立在苍白的小脸周围，上面插着一朵美丽的白玫瑰。

忧郁的国王从王宫的一个窗口看着他们。他身后站着阿拉贡的唐·彼德罗，他所憎恶的兄弟；他的忏悔师，格拉那达的大宗教审判官，坐在他旁边。此时此刻，国王甚至比平时更忧伤。因为，他看见公主用态度庄重，很稚气地对着聚集在她面前的孩子们俯身答礼；看见她用扇子遮住脸，嘲笑那位永远陪伴着她的、严厉的阿布奎克女公爵。这情景令他想起了她的妈妈,年轻的王后。就在不久前——对于他事情似乎就发生在不久前——她从快乐的国家法兰西而来,凋谢在这个富丽堂皇却阴暗的西班牙宫廷里。孩子出生仅仅半年,她就去世了,来不及看到果园里杏树第二次开花,来不及从庭院中央那棵多节瘤的老无花果树上,撷取第二年的果子,如今那院子里已经是杂草丛生。他爱她那么深,不愿受离别之苦,让坟墓把她从眼前隔开。一个摩尔人医生用香料保存了她的遗体。那人因为宣传异端邪说,有行巫术的嫌疑,据说已经被宗教裁判所判了死刑。他在这件事上立了功,国王便赦免了他。她的遗体如今仍然在王宫里的黑大理石小教堂里,躺在绒绣停尸架上。跟将近十二年前,三月里一个起大风的日子,僧侣们把她抬进去时,一模一样。每个月里总有一次,国王用黑色的斗篷裹住自己,手里提着一盏灯笼,走进去,跪在她身旁,呼唤着"Mireina！ Mireina！"[①]在西班牙,礼节约束着人们的一言一行,连国王的悲伤也要受它的限制,可有时他会打破礼节,痛不欲生地抓住她戴着珠宝的苍白的双手,疯狂地吻着她化过妆的冰凉的脸,想把她唤醒。

今天,他似乎又看见她了,就像他在枫丹白露宫[②]第一

[①] 西班牙语:我的王后!我的王后。——译者注
[②] 在巴黎东南。——译者注

次看见她时一样。当年他只有十五岁，她更年轻。第一次见面他们就正式订婚了，罗马教皇的使节主持仪式，法国国王和全体大臣出席。他回到埃斯科利亚[①]，带着一小绺黄色卷发，也带着踏上马车时两片稚嫩的嘴唇俯下来吻他的手所留下的记忆。随后是婚礼，很匆促地在布尔戈斯举行，那地方是两国边境上的一个小城[②]。然后是盛大的马德里入城公众欢迎仪式，又依照习俗在拉·阿托恰教堂做了大弥撒，还进行了一次非比寻常、特别庄严的宗教裁判判决仪式，将近三百个异教徒，其中包括许多英国人，被移交给非宗教权力部门，用火刑烧死了。

他确实疯狂地爱着她。当时，为了争夺新世界的帝国地位，西班牙正和英国进行战争。许多人认为，正是他这种行为毁了国家。他从不允许她离开他的视线；为了她，他把一切国家大事都忘在脑后，或者说仿佛忘在了脑后。他做了激情的奴仆，盲目到了可怕和程度：居然没有意识到，他为了取悦她所举办的繁复的礼仪活动，只能加重她所患的那种奇怪的疾病。她死后，有一段时间，他简直像一个丧失了理智的人。其实，若不是担心小公主落到他兄弟手里任其摆布，

[①] 西班牙马德里北面一山城。——译者注
[②] 今为西班牙一省会，也是该省的名称。——译者注

他已经正式逊位，隐退到格拉那达的大特拉普修道院①去了，当时他已经是该修道院的名誉院长。而他那个兄弟的残忍秉性，即便在西班牙本国，也是臭名昭著的。许多人还怀疑，是他害死了王后——乘她造访他在阿拉贡的城堡时，送了她一副毒手套。她去世后，国王颁布王室法令，命令王国全境的公众服丧三年；甚至服丧期过后，他也决不容忍大臣们提起再行联姻之事。后来皇帝本人②派人来传信，提出把他的侄女，可爱的波希米亚女大公③嫁给他；他却吩咐使节回去禀复主人，说西班牙的国王已经和悲哀结了婚，虽然她只是个不能生育的新娘，他却爱她更甚于爱美丽。这个答复使他付出了代价，他失去了在富庶的尼德兰地区几个省份的王权：没过多久，由于皇帝的煽动，在改革教派中一些狂热分子的领导下，那个地区发生了反对他的叛乱。

今天，当他看着公主在露台上玩耍的时候，他的整个婚姻生活，那些狂热的、火红的快乐日子，它突然终结时那种极度的痛苦，仿佛都又回到了眼前。王后举止中俏美的任性，公主全有。她们甩头时动作中那种恣意的味儿，美丽而骄傲

---

① 特拉普，天主教西多会中的一派，教规极严，完全素食。——译者注

② 指神圣罗马帝国皇帝，神圣罗马帝国早期为统一的国家，中世纪［欧洲约公元476年~公元1453年］演变为一些承认皇帝最高权威的公国、侯国、伯国、宗教贵族领地和自由市的政治联合体。——译者注

③ 女大公，神圣罗马帝国公主的称谓。——译者注

的弯嘴唇，美妙的笑容——确实是 vrai sourire de France[①]，都一模一样。当她时不时地瞥一眼窗户这边，或者伸出小手给庄重的西班牙贵族亲吻时，他看到了那种笑容。但是孩子们尖锐的笑声刺痛了他的耳朵；明亮而无情的阳光嘲弄着他的悲哀；一种古怪香料的寡淡的香味，就像是那种用来保存尸体的香料，污染了（这也许是他的幻觉？）早晨的清新空气。他把脸埋在了手中。当公主又一次抬起头来看时，窗帘已经拉下，国王已经离开。

她微微地撅起嘴，耸了耸肩，表示失望。今天是她的生日，他当然应该陪着她的。那些愚蠢的国家事务有什么要紧的？或许，他是去那个阴暗的小教堂了吧？那儿永远点着蜡烛，是一个绝不允许她进去的地方。他有多傻呀，阳光这么明媚，人人都那么快乐！还有，号角已经吹响，假斗牛就要开始了，他会错过的。更不必说还有木偶戏和其他非常好玩的节目。她叔叔和大宗教审判官倒是更近情理些。他们已经来到外面的露台上，向她道了贺。于是她摇了摇可爱的小脑袋，拉着唐·彼德罗的手，慢慢地下了台阶，向搭在花园尽头的一座长长的尖顶紫绸遮阳篷走去。其他的孩子，严格地按照地位

[①] 法文，真正的法国式微笑。——译者注

高低的次序，排队跟随着她，姓名最长的走在最前面[1]。

惟妙惟肖地化妆成斗牛士的一队贵族少年，从遮阳篷里出来迎接她。年轻的新地伯爵，一位大约十四岁的极英俊的少年，以一个仅次于最高贵族的西班牙大公子嗣的全部优雅仪态，向她行过脱帽礼，庄重地引她进去，来到演出场地上方的一个高台上，在一张镶金嵌象牙的椅子里坐下。孩子们簇拥在周围，他们摇着大扇子，轻声交谈着。唐·彼德罗和大宗教审判官笑吟吟地站在入口处。那位女公爵，人称侍从女官，是一个身材干瘦、长相难看，还戴着一轮黄色皱领子的女人，平常总是脾气很坏，此刻看上去也大不相同了。一种像是冰冷的笑容似的表情，从她那张布满皱纹的脸上掠过，牵动了那两片薄薄的、没有血色的嘴唇。

确实是一场了不起的斗牛。公主觉得，比起上次帕尔马公爵来访时，父亲带她去塞维利亚[2]观赏的真斗牛，这场假斗牛更好看。几个少年把披着色彩浓艳的马衣的竹马夹在胯下，在场子里神气活现地奔跑，手里挥舞着长枪，长枪上挂着用亮色的丝带做的幡，色彩十分鲜艳。另外几个少年徒步

---

[1] 古代西方贵族的姓名中含有封地、头衔等，名字越长，往往地位越高。——译者注

[2] 西班牙南部一省份，西班牙斗牛和弗拉明戈舞的起源地。——译者注

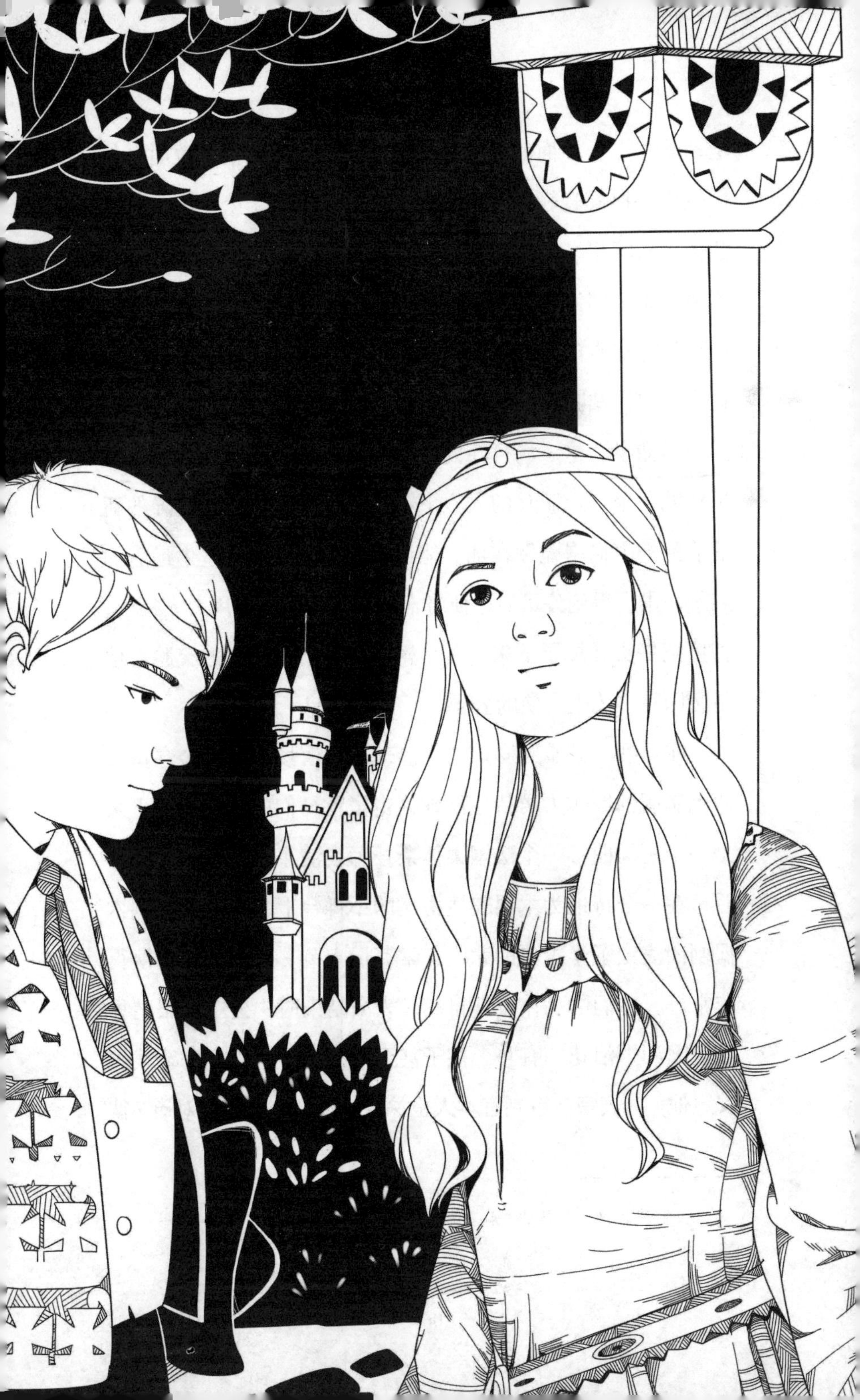

走动着，在公牛面前挥动绯红色斗篷；牛向他们进攻时，他们就用手撑着轻轻一跃，跳到栅栏外面。至于公牛本人，他活像一头真牛，却是用柳条架子蒙上牛皮做的。有时他不屈不挠单用后腿满场子跑，这样做是活牛做梦也想不到的。他的斗技也非常的棒，孩子们兴奋极了，站到长凳上，挥舞着花边手绢，喊叫着：Bravotoro！ Bravotoro！① 表现得就像大人一样懂事。这一场打斗的时间拖得很长，其间几匹竹马被牛角戳了个透，骑马的人也下了马，最后，总算让年轻的新地伯爵把牛逼得跪倒在地。他请求公主允许他给予牛最后的慈悲一击，得到许可后，便将木剑插向牛颈。他用力太猛了，直接把牛头弄掉了下来，于是露出了小洛林先生的笑脸，他是法国驻马德里大使的公子。

在热烈的鼓掌喝彩声中，清理了表演场地。两个穿黄黑两色制服的摩尔人男侍庄严地拖走了竹马们的尸体，接下来是一个短插曲：一个法国柔体杂技师表演了一段走绳子。然后，在一个特地为木偶表演搭建的小舞台上，一个意大利木偶剧团表演了半古典的悲剧《索芬尼士芭》。那些木偶演得非常好，它们的动作极其自然，表演结束时，公主的眼睛里已经噙满了泪花。有几个孩子甚至真的哭了，只好拿蜜饯去安慰他们。大宗教审判官本人也深受感动，他忍不住对唐·彼

---

① 西班牙语，勇敢的牛！勇敢的牛！。——译者注

德罗说，这些只不过用木头和彩蜡做的东西，靠着线的牵引机械地活动着，却如此不幸，遭遇到如此可怕的厄运，真让他难过得受不了①。

　　随后上场的是一个玩杂耍的非洲人，手里提着一个扁平的大篮子，上面蒙着一块红布。他把篮子放在场地中央，从缠头巾里取出一根稀奇古怪的芦笛，吹了起来。不多一会儿，红布开始动；笛声越来越尖越来越尖，两条金绿两色蛇的奇怪的楔形脑袋，从篮子里探出来，渐渐地昂起，随着音乐声来回摇摆，就像水草在水中摇曳一样。可孩子们还是有些怕它们那长斑点的颈部皮褶和疾速吐送的舌头。等到玩杂耍的人从沙土中变出一小株橘子树，树上开出漂亮的白色花朵，结出一串串真的果子时，他们才高兴了许多。当他从拉斯·托雷斯侯爵的小女儿手里拿走扇子，将它变成一只青鸟，鸣啭着在遮阳篷里到处飞时，他们又惊又喜，快乐得没了边。皮拉尔圣母院礼拜堂跳舞班的男孩子们，表演了庄严的米奴哀舞，他们的表演也非常迷人。这种仪式，每年五月都会在圣母的圣坛前面举行一次，颂扬她的荣光，可公主从来没有看到过。当年一个疯狂的教士，许多人认为他是受了英国女王伊丽莎白的收买，企图用下了毒的圣饼谋害阿斯都里亚王

---

　　① 作者在这里讽刺大宗教审判官的伪善，他曾经判处许多异教徒火刑。——译者注

子[1]。从那时起，确实不曾有一个西班牙王室成员进过萨拉戈萨大教堂。所以，公主一向只听人说过有一种什么"圣母舞"，今天看了，觉得确实很美。那些男孩子穿着白色天鹅绒的老式宫廷装，奇特的三角帽边沿垂着白银流苏，帽顶上竖着大束的鸵鸟羽毛。他们在阳光下舞动时，身上的服饰白得耀眼；在他们黝黑的脸蛋和乌黑的长发映衬下，更显得醒目。他们舞动时，那错综复杂的舞姿中透着庄严和高贵；他们那缓缓的动作、庄重的鞠躬，显示出一种精致的优雅。人人都看得入了迷。表演完毕，他们脱下插着羽毛的帽子向公主致意。她非常客气地答礼，并立下誓愿，要送一支大蜡烛到皮拉尔圣母的圣坛上去，报答她赐予的欢乐。

随后，一队漂亮的埃及人——这是那个年代对吉普赛人的称呼——开进了表演场地。他们盘着双腿坐下，围成一圈，开始轻轻地拨动齐特拉琴[2]。随着音乐的节拍，他们摆动着身体，几乎不出声地哼着一支梦幻般的低音曲子。当他们发现唐·彼德罗时，都对他怒目而视；有几个人则显得很害怕，因为就在几个礼拜之前，他在塞维利亚的市场上吊死了他们部落的两个人，罪名是行巫术。但是漂亮的公主把他们迷住了，他们看见她仰靠在椅子上，一双大大的蓝眼睛从扇子后

---

[1] 西班牙王太子的称号。——译者注
[2] 一种古代拨弦乐器。——译者注

面窥望着他们,心里觉得很踏实:这么可爱的一个小姑娘,是决不会残忍地对待任何人的。所以他们继续很轻柔地表演着,只用长而尖的指甲触着齐特拉琴的琴弦。他们的头开始向前瞌,仿佛就要睡着似的。突然,一声尖叫响起,所有的孩子都吓了一跳,唐·彼德罗的手抓住了短剑的玛瑙球柄。只见吉普赛人全跳了起来,打着手鼓,疯狂地绕围栏转着圈子,用他们那奇怪的带喉音的语言,唱起了狂热的情歌。然后是又一个信号,他们又全体仆倒在地,安安静静地躺着,只有单调的齐特拉琴的弹奏声打破沉寂。他们这样表演了几回,然后就忽啦一下不见了。过了一会儿,他们用细铁链牵着一头毛茸茸的棕熊,肩上扛着几只巴巴利①猿,回到了场子里。那只熊极其认真地倒立起来。那些干瘪的猿和两个男孩子表演起各种逗乐的把戏,两个男孩子似乎是它们的主人。他们用很小的剑打斗,用火药枪开火,还像国王的卫队一样,进行正规的士兵操练。吉普赛人的表演确实极其成功。

但是,整个上午的娱乐活动中最滑稽有趣的部分,无疑是小矮人的舞蹈。当他蹒跚地迈着罗圈腿,左右摇晃着畸形的大脑袋,跌跌撞撞地走进表演场地时,孩子们爆发出一阵开心的大叫声。公主本人也哈哈大笑,侍从女官不得不提醒她说,在西班牙,国王的女儿在同等级的人面前哭的先例虽

---

① 巴巴利,除埃及外北非伊斯兰教国家的总称。——译者注

然有不少，不过王族公主在出身比她低下的人面前如此开怀的先例却是没有的。但是，那矮人的吸引力实在是不可抗拒。西班牙宫廷以对恐怖事物的雅兴和热情著称，却也从来不曾见过这样不可思议的一个小怪物。对于矮人本人，这也是第一次亮相。他是前一天才被人发现的。当时，在环城的黄檗树大树林中离城较远的地方，碰巧有两个贵族在打猎，他们碰巧看见他在林中狂奔。他被他们带走了，作为给公主的一个惊喜，送进了王宫。他父亲是个贫苦的烧炭夫，能有机会摆脱这样一个丑陋又无用的孩子，没有不乐意的，简直是太乐意了。也许，这孩子最有趣的一点，是他完全没有意识到自己的相貌怪诞可笑。事实上，他看上去开开心心，情绪高昂。孩子们笑的时候，他也笑，而且像所有孩子一样，笑得很自在很快乐。每一支舞结束的时候，他都用最滑稽的姿势向每个孩子鞠躬，向他们点头微笑，仿佛他真正就是他们中的一员，并不是一个畸形的小东西，不是大自然在搞怪的心情中设计制造出来供别人取笑的。至于说公主，她绝对把他弄得神魂颠倒了。他的眼睛一刻也离不开她，他仿佛在为她一个人跳舞。演出结束的时候，她记起来，有一回曾经看见宫廷贵妇们向加法莱利扔花束。他是著名的意大利男高音，当时教皇从自己的小教堂把他派到马德里来，希望用他甜美的歌喉来治愈国王的忧郁。于是她从头发上拔下那支美丽的白玫瑰，一半是开玩笑，一半是要捉弄一下侍从女官，她带着最甜美的笑容，把花丢到场子里给那矮人。他把整件事情看得十分认真，把手放在心口，把那朵花压在他那粗糙的嘴唇上，单膝屈起跪在她面前，笑得嘴巴咧到了耳朵，小而亮的眼睛里闪烁着喜悦的光。

这个举动逗得公主完全失了庄重，小矮人跑出场地后很久，她还在不停地笑，然后她向叔叔表示，希望马上再看一遍小矮人跳舞。可是侍从女官借口说太阳热得太厉害了，断定公主殿下最好还是立刻回宫去；宫里已经为她备好精彩的宴会，包括一只真正的生日蛋糕，整个蛋糕上用彩色糖汁精心地写着她的姓名首字母，蛋糕顶上飘着一面可爱的小银旗。于是，公主很高贵很庄重地站起身来，下令让小矮人午睡时辰过后去给她再跳一次舞，又向年轻的新地伯爵道了谢，感谢这一番充满情趣的款待。然后她启步回宫，那帮孩子按照来时的顺序跟随在她后面。

小矮人听说要再一次去公主面前跳舞，并且是她本人特别下的令，感到非常骄傲。他跑出去，跑进花园，心醉神迷、荒诞可笑地亲吻着那朵白玫瑰，还做出一些最笨拙难看的表示高兴的姿势。

他居然敢闯进花儿们美丽的家里来，花儿们十分愤慨。看见他蹦蹦跳跳地在花园小径上跑来跑去，把手举在头顶上挥舞着，样子那么滑稽可笑，她们再也控制不住自己的情绪了。

"他真是丑得太过分了，不能允许他在任何有我们存在的地方玩耍，"郁金香嚷道。

"他应该去喝罂粟汁，睡上一千年，"巨大的绯红色百合说，她们十分激动和愤怒。

"他是个十足的吓人怪物！"仙人掌尖叫道，"嗯，他是歪冬瓜、矮胖子，他的脑袋和腿完全不成比例。他真让我觉得浑身刺痛，如果他靠近我，我会用我的刺扎他。"

"实际上，他得到了我最好的一朵花，"白玫瑰树大声说，"那是我今天早晨亲自给公主的，是我送她的生日礼物，却被他偷去了。"她大叫："小偷，小偷，小偷！"把声音拔到了最高。

红色的天竺葵，平时是不怎么装腔作势的，并且大家知道她们自己也有许多穷亲戚。可是连她们看见了他，也厌恶地蜷起了身子。紫罗兰温顺地评论说，他确实平凡到了极点，但他也是没办法。天竺葵立刻拿出一副公平正义的派头反驳道，那是他的主要缺陷，没有理由因为一个人的毛病无法矫正，就要恭维他。其实，有些紫罗兰自己也觉得，小矮人的丑陋几乎是一种招摇，如果他带着愁容，至少带着沉思的表情，而不是这样快乐地蹦蹦跳跳，热衷于做这种古怪可笑的傻样子，可能让人看起来会顺眼很多。

至于老日晷，那可是一位极显要的人物，他曾经向一个人报告过时间，那不是别人，而是查理五世皇帝本人。看到小矮人的面貌，他吓了一大跳，几乎忘了用他那长长的影子手指标示时间整整两分钟。他忍不住对栖在栏杆上晒太阳的乳白色大孔雀说，人人都知道，国王的孩子还是国王，烧炭夫的孩子还是烧炭夫；妄想说不，那是很荒谬的。孔雀完全赞同他的高见，她说话其实是在尖叫："当然，当然，"声音很高很刺耳，引得生活在凉水喷泉池子里的金鱼们把头探出水面，向巨大的特赖登①石雕询问究竟发生了什么事。

但不管怎样，鸟儿们喜欢他。从前他们经常在森林里看到他，看见他像小精灵一样追着旋飞的叶子跳舞，看见他蹲在老橡树的树洞里，把他的坚果分给松鼠们吃。他们不介意他长得丑，一点也不介意。嗨，夜莺晚上在橘林里唱得那么甜美，连月亮也俯下身来倾听，可她的模样也一点都不好看呀。还有，他对鸟儿们是那么的仁慈。在那个可怕的刺骨的寒冬，树上已没有浆果，地面像铁一样硬，狼群都跑到城门口去找食物了，他却绝没有忘记他们。他总是从他那一小块黑面包上揪些碎屑给他们，无论他的早餐多么少，他都拿出来和他们分享。

所以鸟儿们围绕着他飞呀飞，飞过他旁边就用翅膀碰碰他的脸，还叽叽啾啾地互相交谈。小矮人很开心，忍不住给他们看那朵美丽的白玫瑰。他告诉他们，花儿是公主本人给

---

① 希腊神话中的人身鱼尾海神。——译者注

他的，因为她爱他。

他说的话他们一个字也听不懂，但是这没有关系，因为他们把脑袋偏向一边，表情很聪明，这和听懂一件事一模一样的好，并且容易得多。

蜥蜴们对他也喜欢得不得了。他跑累了，扑倒在草地上休息时，他们就爬到他身上乱蹦乱闹，想用他们最好的方式逗他开心。"不是人人都像蜥蜴一样美丽，"他们嚷道，"那样的期望太高了。虽然这样说听上去有些荒唐，但他其实并不是那么丑——当然是，假如闭上眼睛，不看他的话。"蜥蜴天生极有哲学头脑，如果没有别的事可做，或者在天气不好，老下雨没法出门的时候，他们往往一起坐着思考，一个钟点又一个钟点。

可是，对于蜥蜴们的行为，对于鸟儿们的行为，花儿们分外恼怒。她们说："这只能表明，那样不停地窜来窜去飞来飞去，会产生多么低俗的影响。受过良好教育的人总是待在同一个地方不移动，比如像我们。从来不曾见过我们在花园小径上跳过来跳过去，或者疯子一样在草地上飞奔着追蜻蜓吧。我们想换换空气的时候，就派人叫园丁来，他会把我们搬到另一处花圃上去。这样才尊贵，而且应该这样。可是鸟儿和蜥蜴没有安歇的概念，鸟儿甚至连一个常住地址也没有。他们只不过是些吉普赛人一样的游民，应该受到跟吉普赛人一样的对待。"于是她们把鼻子翘到空中，露出十分傲慢的表情。一段时间后,她们十分高兴地看见小矮人从草地上爬起来,穿过露台,向王宫走去。

"他这一辈子余下来的时间肯定要在室内度过了,"她们说,"瞧瞧他的驼背和罗圈腿,"她们吃吃地窃笑起来。

但是小矮人对这一切一无所知。他无限热爱鸟儿和蜥蜴,认为花儿是整个世界最奇妙的事物,当然,除了公主之外。她给了他美丽的白玫瑰,她爱他,这就大不一样了。他多么希望自己已经带着她回到了森林里!那样,她就会把他安置在她右首,对着他微笑,他就永远不离开她身边,让她做他的玩伴,教她各种令人高兴的小把戏。他虽然从来不曾进过王宫,却知道很多很多美妙的事情。他会用灯心草做小笼子,让蝈蝈在笼子里唱歌。他能把长长的有节的竹子,做成笛子吹奏出潘神①也爱听的音乐。他知道每一种鸟的叫声,能够把欧椋鸟从树梢上叫下来,把苍鹭从浅湖中唤出来。他熟悉每一种动物留下的痕迹,能够循着细小的足印追赶野兔,跟着被踩过的树叶追踪野猪。风的各种舞蹈他都了解:风穿着红衣服同秋天的狂舞,风穿着蓝草鞋在谷物上面跳的舞,风戴着雪的环冠在冬天跳的舞,还有风在春天的果园里跳的花之舞。他知道斑尾林鸽在哪儿筑巢,有一次捕野禽的人捉走

---

① 希腊神话中的人身羊足、头上有角的畜牧之神,善吹笛。——译者注

了两只老鸟,他就在一棵截去了树梢的榆树的裂缝里,为小鸟们造了一间小鸽房,亲自把它们把抚养大。它们十分驯顺,习惯了每天早晨他的手给它们喂食。公主会喜欢那些小林鸽的,也会喜欢在长长的蕨草丛中奔窜的兔子,还有羽毛像钢翎的黑喙的松鸦,还有能把自己的身体团成一个刺球的刺猬,还有爬得很慢,老是摇晃着脑袋,啃食嫩叶的聪明的大乌龟。没错,她一定得到森林里去,和他一起玩一玩。他会把自己的小床让给她,他会在窗外一直守候到天明,确保长角的野牛不伤害她,饿得骨瘦如柴的狼不会潜行到离茅屋太近的地方。黎明时分,他会轻叩百叶窗,把她唤醒。他们就到外面去,在一起跳舞一整天。森林里真的一点也不寂寞。有时,会有一个主教经过,骑在一匹白色的骡子上,边走边读着一本有插图的书。有时会有一些猎鹰人,戴着绿丝绒帽子,穿着鞣制过的鹿皮做的无袖紧身短夹克,手腕上栖着头上有冠毛的鹰隼,从林子里走过。到葡萄的收获季节,就会有踩制葡萄汁做酒的人过来,手和脚都染成了紫色,头戴闪着光泽的长春藤花环,携带着滴着酒液的皮革酒囊。晚上,烧炭夫们围着巨大的火盆坐着,守望着干木柴在火中慢慢地烧成木炭,把栗子埋在余烬中烘烤。强盗们从山洞里跑出来,和他们一起取乐。还有一次,他看见一队漂亮的人马蜿蜒行进在长长的、通往托雷多的路上。路上尘土飞扬,僧侣们走在前头,唱着悦耳的歌,扛着鲜艳的旗帜和金十字架。随后走过来的,是手持火绳枪和长矛,披戴着银盔银甲的士兵。士兵们中间走着三个光脚的人,他们手里擎着点燃的蜡烛,身上穿着奇怪的黄色衣服,衣服上面画满了奇妙的图案。当然,森林里有很多东西可以看,如果她累了,他会找一处柔软的、长满青苔的河岸给她休息;或者用手臂把她抱起来往前走,因为他很强壮,虽然他知道自己长得不高。他会用红色的野莓子给她做一条项链,那会和她衣服上装饰的白色浆果一样漂亮可爱。如果她对那些果子厌倦了,可以把它们扔掉,他再给她另找些饰物。他会给她摘些橡碗①和浸透露水的银莲花,再找些小小的萤火虫缀在她淡金色的头发里,充当星星。

但是她在哪儿呢?他问白玫瑰,白玫瑰不回答他。整个王宫仿佛睡着了,就连没关上百叶窗的窗户,也下了厚重的窗帘来遮挡刺目的阳光。他到处游荡着,想找一个可以进去的入口,最后发现有一扇小便门没有关。他溜进去,发现自己到了一间绚美的厅堂里,他觉得,这厅堂恐怕要比森林绚美多了。那么多镀金的物品,到处都是,连地板也是彩色的大石板铺成的,拼在一起形成了一幅几何图案。但是小公主不在这儿,只有几尊漂亮得惊人的白色雕像从碧玉基座上俯视着他,眼神茫然,唇边带着奇怪的笑容。

厅堂的末端悬挂着一道绣得很华丽的黑天鹅绒帷幔,上

---

① 橡树果子的壳斗。——译者注

面点缀着星星和太阳,这是国王特别喜爱的图案,而且是用他最喜爱的颜色绣成的。也许她就躲在那后面?无论如何,他要去看一下。

于是他悄悄地溜过去,把帷幔拉开。她不在。里面只不过是另一个房间,他心想,这一间比他刚离开的那一间更加漂亮可爱。墙上挂着一幅绣着许多人物的绿色针织挂毯,那是一幅狩猎图,几位佛莱芒①艺术家花了七年多的时间完成的作品。这房间原先是一代国王的寝宫,那疯子国王,人称"傻约翰",他太喜爱打猎了,经常在精神错乱中想跨上画儿上那匹扬起前蹄的大马,把一群大猎犬正在围扑的那头公鹿从画儿上拽下来,吹响行猎的号角,用短剑刺那头正在逃跑的浅色的鹿。现在这房间改作会议室了,中间的会议桌上,放着大臣们的红色文件夹,文件夹上有烫金的西班牙国徽郁金香,还有哈普斯堡皇室②的盾形纹章和徽识。

小矮人好奇地环顾着四周,有点害怕,不敢再往里走了。画儿上那些一言不发骑着马的人那么奇怪,他们飞快地驰过一片片林中空地却不发出一点声音,在他看来,就好像是他曾经听烧炭夫们讲过的可怕幽灵"坎普拉克":他们夜间出

---

① 古代地名,现分属法国、比利时、荷兰三国。佛莱芒画派是17世纪最重要的画派。——译者注

② 当时的西班牙国王属哈普斯堡皇室。——译者注

来打猎，如果看见一个人，就把他变成雌马鹿，然后猎杀他。但是他想起漂亮可爱的公主，心里又有了勇气。他希望找到她时，她是独自一人；他要告诉她，他也爱她。也许，她就在下一个房间里。

他跑过柔软的摩尔地毯①，打开了门。没有！她也不在这儿，房间里空无一人。

这一间是觐见室，是国王同意接受拜谒的时候，用来接见外国使臣的，这样的时候近来已经很少有了。很多年前，就在这同一个房间里，英国公使谒见了国王。当时英国女王是欧洲的天主教君主之一，公使的使命是安排女王和皇帝长子的婚事。这个房间挂的帷幔是用镀金的科尔多瓦②皮革做的，黑白相间的天花板上，吊着一个沉甸甸的枝形烛架，上面可以插三百支蜡烛。一个金布大华盖上，用细粒珍珠绣着狮子和卡斯提尔③古塔。华盖下便安放着国王的宝座，宝座上蒙着一块华丽的黑色天鹅绒罩，罩子上缀着白银郁金香，还精致地配着白银和珍珠的流苏。宝座的第二级台阶上放着公主的跪凳，那上面的垫子是银线布做的。再往下，出了华

---

① "摩尔人"是中世纪西班牙人和葡萄牙人对北非穆斯林的贬称，摩尔人实际上是柏柏尔人，阿拉伯人和黑人混合的后裔。"摩尔地毯"即摩尔人制作的地毯。——译者注

② 西班牙古城，所产皮革在全世界负有盛名。——译者注

③ 古代西班牙北部一王国。——译者注

盖的范围，安放着教皇使节的椅子。举行公开典礼之际，只有教皇使节有权当国王的面坐着，并且把他那顶缠着绯红色缨子的主教帽，放在前面一个紫色小几上。宝座对面的墙上，挂着一张真人大小的查理五世猎装像，他旁边还画着一只大獒。另一面墙中央，挂着一幅菲利浦二世接受尼德兰各省[①]宣誓效忠的画像。两扇窗中间，立着一个黑檀香木陈列橱，橱板上嵌着一些象牙碟，碟子上刻着霍尔班[②]的《死神之舞》中的人物，有人说，这是那位著名的大师亲手雕刻的。

但是，小矮人对这一切的华贵丝毫也不在意。拿华盖上的所有珍珠换他的玫瑰他也不愿，拿宝座本身换他玫瑰上的一片白花瓣他也不肯。他想要的是，在公主去遮阳大篷之前见到她，请求她在他跳舞结束之后，和他一起离开。这儿，在这王宫里，空气是那么闷，那么滞重。森林里却是风儿在自由地吹着，阳光在用游移的金手，拨开颤抖的树叶。森林里也有花儿，也许它们不如这儿园子里的花儿华美，却散发更甜美的芬芳。早春时节，风信子在清凉的幽谷和长满草的山丘上，荡漾起紫色的浪潮；黄色的樱草在多节瘤的橡树根周围，一小簇一小簇地安了家；还有鲜亮的白屈菜，蓝色的婆婆纳，淡雪青色和金色的鸢尾。榛树上开着灰色的"猫亲

[①] 今天的荷兰、比利时、卢森堡和法国东北部一带。——译者注
[②] 16世纪上半页的一位德国画家。——译者注

戚"①；"狐狸的手套"②上那些蜜蜂常常光顾的斑纹花铃铛，沉甸甸地使她们弯下了腰。栗子树有它们自己的塔尖和白色星星，山楂树有它们自己的苍白美丽的月亮。是的，只要他能找到她，她一定会跟他去！她会和他一起去到那美丽的森林里，为了让她快乐，他会整天地跳舞。这想法在他的眼睛里点亮了笑意，他走进了下一个房间。

在所有的房间中，这一间最明亮最美丽。墙上覆盖着粉红花底的卢卡锦缎，上面的图案是鸟儿，点缀着雅致的银星。家具是大块的白银做的，上面的垂花雕饰是色泽鲜丽的花环和荡秋千的小爱神。两个大壁炉前面都立着巨大的屏风，屏风上绣的是鹦鹉和孔雀。地板上铺的是海绿色的缟玛瑙，仿佛一直铺向远方似的。房间里不是他一个人。他看见房间的另一端，在门框的影像里，有一个小小的人形在望着他。他的心颤抖起来，嘴里迸发出一声快乐的叫喊。他退到门外，站在阳光里。他这样做的时候，那小人形也照着做，他看得清清楚楚。

公主哦！这是一个怪物，他见过的最难看的怪物。别人的形状都是正常的，他却不是。他的背是驼的，四肢是弯曲的，

---

① "葇荑花序"的字面意思，类似于穗状的花。——译者注

② 毛地黄属植物的字面意思，它们的花形状是一长串铃铛或喇叭状的花朵。——译者注

一个大脑袋有点下垂，一头黑发像鬃毛一样。小矮人皱起了眉头，那怪物也皱眉头。他笑，它也跟着笑，并且像他一样，把两只手贴在身侧。他嘲弄地鞠一躬，它也俯身回敬他。他向它走过去，它就迎着他走过来，他走一步它学一步，他停下来它也站住。他感到好玩，叫了起来，跑上前去，伸出了手。怪物的手碰到了他的手，它的手像冰一样冷。他害怕起来，把手移开，怪物的手也迅速地跟着移动。他想推过去，但有一个光滑坚硬的东西挡住了他。现在怪物的脸和他的脸靠得很近，它脸上似乎充满了恐惧。他把头发从眼睛上捋开，它也模仿他。他向他挥拳头，他打一拳它也还一拳。他表示厌恶，它也冲着他做鬼脸。他向后退，它也退了回去。

　　它是什么呢？他想了一会儿，又看了一遍房间里其余的地方。真奇怪，在那一面看不见的、水一样清澈的墙里，似乎每一样东西都有一个复制品。是的，这边一幅画那边也一幅画，这边一张睡椅那边也一张睡椅。躺在门边壁龛里睡着的弗恩[①]，在那边有一个睡着的孪生兄弟。站在阳光里的银维纳斯[②]举着的手臂对面，也有一个同她本人一样可爱的爱与美女神。

　　[①] 古罗马神话中的半羊的农牧神，相当于古希腊神话中的畜牧神潘。——译者注

　　[②] 维纳斯是古希腊神话里的爱与美女神。——译者注

它是回音么?有一次他在山谷里喊她,她用同样的话回答他。她模仿声音,也能模仿眼睛么?难道她能制造出一个和真世界一模一样的假世界?难道物体的影像也可以有颜色、生命和动作么?有没有可能是……?

想到这里,他吓了一跳,从胸口取出那支美丽的白玫瑰,转过身去,吻了一下。怪物也有一支白玫瑰,每一片花瓣都一模一样!它用同样的动作吻了一下玫瑰,然后用可怕的姿势把它按在胸前。

当他醒悟到真相的时候,他绝望地狂叫了一声,呜咽着倒在地上。原来他就是那个驼背的畸形人,那个让人看了生厌的丑八怪。怪物就是他自己,孩子们的笑,原来是在笑他;他以为小公主爱上自己,怎知她同样只是在嘲笑他的丑陋,拿他的罗圈腿取乐。他们为什么不把他留在森林里?那儿没有镜子告诉他,他是多么的面目可憎。父亲为什么没有杀死他,却把他出卖了,让他来受辱?热泪像泉水一样流下他的脸颊,他把白玫瑰撕成了碎片。趴着的怪物也做着同样的动作,把蔫了的花瓣洒到空中。怪物趴在地上,他看它时,它也抬着写满了痛苦的脸在看他。他不想再看见它,便爬到旁边去,用双手捂住了眼睛。他慢慢地爬着,像一只受伤的动物,爬到阴影里,躺在那儿悲泣。

就在这一刻,公主本人带着小伙伴们从敞开的窗户里进了房间。看见丑陋的小矮人躺在地上,用拳头捶着地,样子

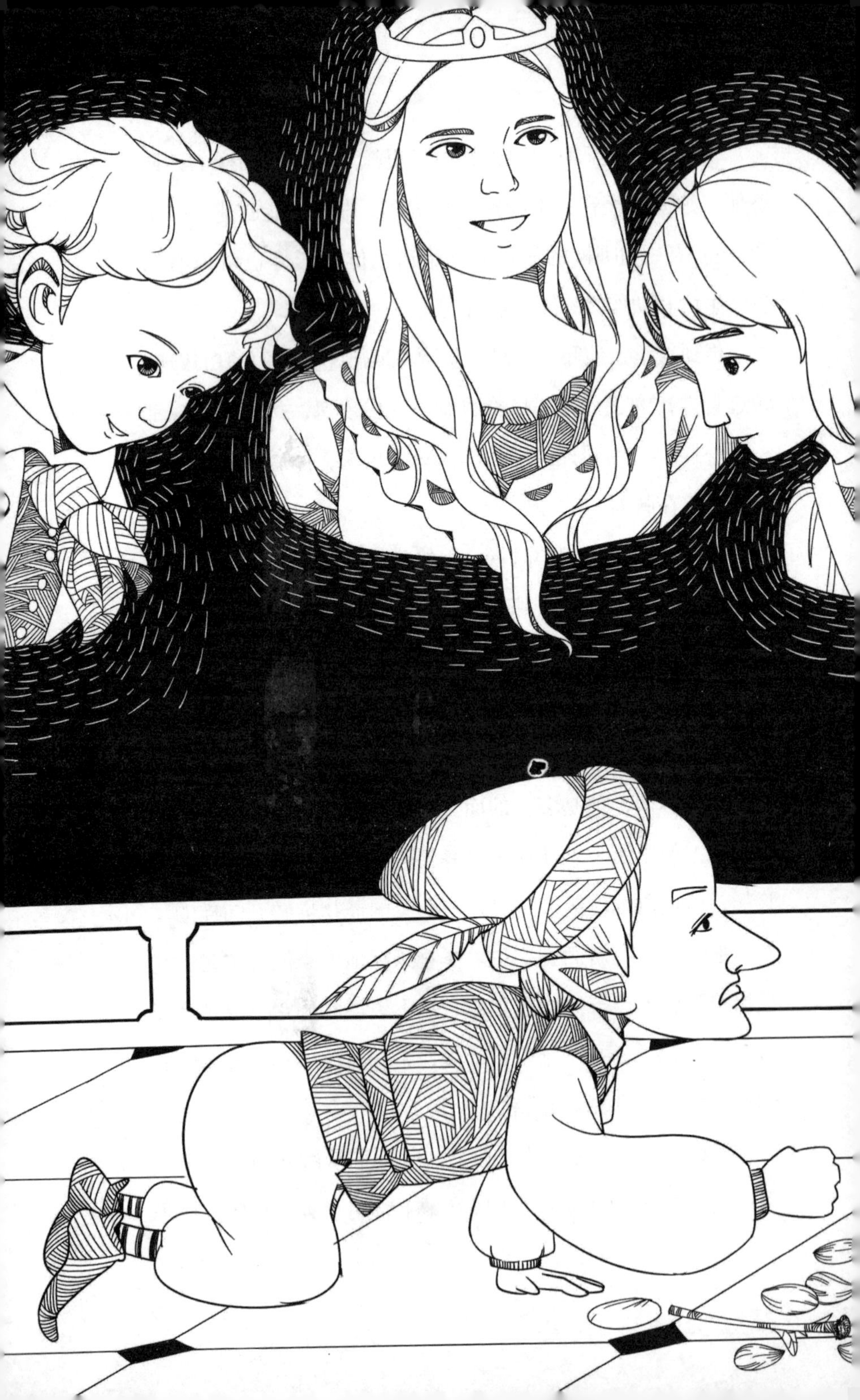

极其夸张和不可思议,他们不禁放声大笑,站在他四周观看。

"他跳舞很有趣,"公主说,"但他演戏更有趣。其实,他演得几乎和那些木偶一样好,只不过,不用说,没有那么自然。"她摇着她的大扇子,给小矮人喝彩。

但小矮人自始至终没有抬起眼睛,他的呜咽声越来越微弱。突然,他两只手揪着身体的两侧,很奇怪地喘了一口气。然后,他重新坍下去,十分安静地躺在那儿了。

"你演得极好,"等了片刻之后,公主说道,"但现在你得跳舞给我看了。"

"是啊,"孩子们嚷道,"你得起来跳舞,因为你和巴巴利猿一样聪明,但比它们滑稽得多。"可是矮人没有回答。

公主跺着脚,唤她的叔叔。叔叔正在露台上,和宫廷内侍一起散步,阅览刚送来的墨西哥①公文急件。最近,墨西哥的宗教裁判所已经成立。"我这个有趣的小矮人生气了,"她嚷道,"你得把他叫醒,叫他跳舞给我看。"

那两位笑着互相望了一眼,从容地走了进来。唐·彼德罗弯下腰,用他的绣花手套拍拍小矮人的脸颊。"你得跳舞呀,"他说,"petit monstre②。你得跳舞。西班牙和东印度

---

① 当时,墨西哥是西班牙的殖民地。——译者注
② 西班牙语,小怪物。——译者注

群岛①的公主要娱乐呢。"

但是小矮人自始至终一动不动。

"应该叫个行鞭刑的人来，"唐·彼德罗不耐烦地说，然后回到露台上去了。但是宫廷内侍神情很严肃，他跪在小矮人身旁，把手放到他的心脏部位。过了一会儿，他耸耸肩，站起来，深深地向公主鞠了一躬。他说——

"Mi bella Princesa②，你这个有趣的小矮人永远不会再跳舞了。很可惜，他这么丑，本来也许是可以让国王露出笑颜的。"

"可为什么他不会再跳舞了呢？"公主笑着问。

"因为他的心碎了，"宫廷内侍答道。

公主皱起眉头，她那优雅的玫瑰叶嘴唇相当轻蔑地撇了一下。"以后，要让那些来陪我玩的人没有心，"她嚷道，跑出门，到花园里去了。

---

① 当时，东印度群岛是西班牙的殖民地。——译者注
② 西班牙语，我美丽的公主。——译者注

渔夫和他的魂灵[①]

每天黄昏，青年渔夫出海去，把渔网撒下水。

风从陆地吹向海洋时，他便什么也捉不到，最多只有一丁点收获，因为那是一种长着黑翅膀的很厉害的风，而且汹涌的浪头起来迎接它。但是当风从海洋吹向陆地时，鱼便从海水深处上来，游进他的网里，他就把鱼拿到市场上去卖。

每天黄昏，他出海去。有一天黄昏，起网时分量太重了，他差一点没能把网拖进船里。他笑了，自言自语道："我一定是把所有的游鱼全捉住了，要不就是逮到了什么呆头呆脑的怪物，对于人类来说那可是奇珍异宝哦。也可能我捕到的

[①] 在这篇童话中，soul一词没有精神方面的含义，不宜译作"灵魂"；"魂灵"一词要贴切得多，故作此译，下同。

是伟大的女王想要的一种可怕的东西。"他使出全身的力气，拼命拽那根粗网绳，最后他手臂上长长的青筋暴了起来，就像盘绕在青铜花瓶上的蓝色釉纹一样。他再拉那几根细绳。一圈扁平的浮子越来越近，最后，渔网升到了水面上。

但是网里面根本没有鱼，也没有怪物或什么可怕的东西，只有一条睡得正酣的小美人鱼躺在网底。

她的头发像一簇湿的金羊毛，而每一根头发又像玻璃杯中的一根细细的金线。她的身体像白色的象牙，她的尾巴是白银和珍珠的。白银和珍珠是她的尾巴，绿色的海草缠绕着它；她的耳朵像海贝，她的嘴唇像珊瑚。冰凉的海浪拍打着她冰凉的胸，海盐在她的眼睑上闪着晶莹的光。

她那么美，青年渔夫一看见她，心里就充满了惊叹。他伸手把网拉近些，俯下身去，抱住她。他触到她时，她像受惊的海鸥一样叫了一声，醒了。她睁着紫水晶般的眼睛，惊恐地看着他，挣扎着想逃。但他紧紧地抱着，不肯放她离去。

她知道自己无法逃脱，就哭了起来。她说："求你放我走吧，因为我是国王唯一的女儿，我父亲上了年纪，很孤单。"

青年渔夫答道："我不会放你走的，除非你对我许个诺，无论什么时候我召唤你，你就来为我唱歌，因为鱼儿喜欢听海族的歌声，那样我的渔网就能装满了。"

"如果我答应你，你真的会放我走么？"美人鱼哭着说。

"真的，我会放你走。"青年渔夫说。

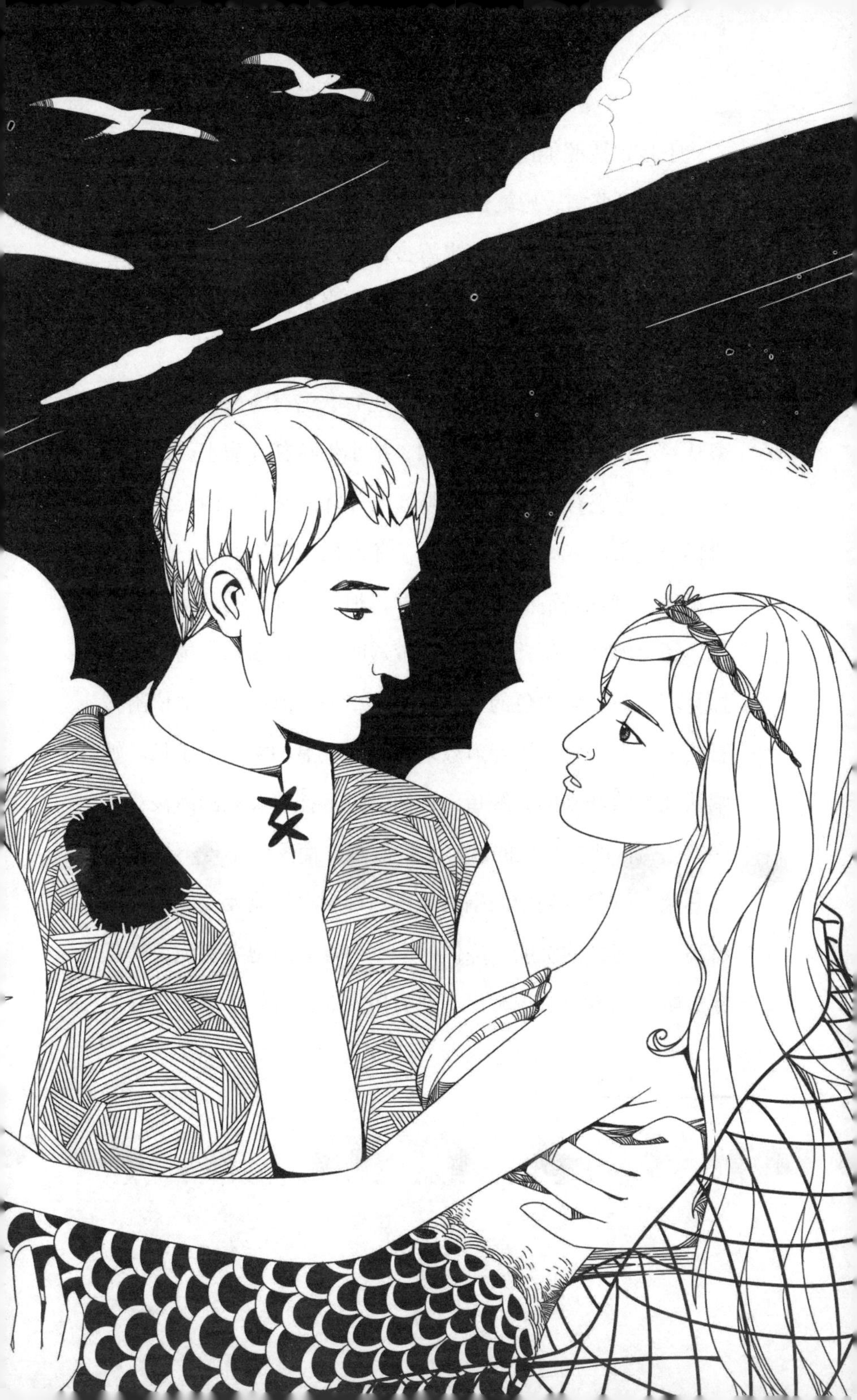

于是她按照他的要求许了个诺,并且用海族的誓言起了誓。他松开胳膊,她就带着一种奇特的恐惧,沉到水里去了。

每天黄昏,青年渔夫出海去;他召唤美人鱼,她就升上水面,为他唱歌。海豚们围绕着她游来游去,野鸥鸟们在她头顶上空盘旋。

她唱的那支歌很奇妙,因为她的歌里有海族:他们把牲畜从一个山洞赶到另一个山洞,把小牛犊扛在肩上。还有特赖登[①]:他们有长长的绿胡须、毛茸茸的胸脯,国王经过的时候他们会吹响螺旋形的海螺。还有国王的王宫:它完全是琥珀的,屋顶是清澈透明的翡翠,地面上铺砌的是明亮的珍珠。还有海底花园:园子里,带透明花纹的珊瑚大扇整天在摇晃着,鱼儿像银色的鸟一样窜来窜去,海葵紧紧地依附在石头上,海石竹雨后春笋般地在呈现纹痕的黄沙上生长。她唱从北方海洋来的大鲸鱼,它们的鳍上挂着尖利的冰棱;她唱塞壬[②],那些海妖的歌声太美妙了,商人们不得不用蜡封住耳朵,以免听到她们唱的故事,跳到海里淹死。她唱那些有高高的桅杆的沉船,冻僵的水手们紧紧地抱着帆缆,鲭鱼穿过敞开的舷窗游进游出。她唱伟大的旅行家小藤壶,它们

[①] 希腊神话中的人身鱼尾海神。——译者注

[②] 希腊神话中的半人半鸟的海妖,常用歌声诱惑过路的航海者而使航船触礁毁灭。——译者注

附着在船的龙骨上，不断地周游世界。她唱住在悬崖边的乌贼鱼，它们伸着长长的黑色触须，能够随意制造黑夜。她唱鹦鹉螺，它们有自己的用蛋白石刻出来的小船，扬着一面丝绸的小帆行驶。她唱那些快乐的男性人鱼，他们弹奏着竖琴，能够把大海怪催眠。她唱一些小孩子，他们能抓住滑溜的海豚，欢笑着骑在它们的背上。她唱美人鱼，她们躺在白色的泡沫里，向水手们伸出臂膀。她还唱海狮和它们那弯弯的长牙，海马和它们那飘动的鬃毛。

她这样唱着的时候，所有的金枪鱼从海水深处游上来聆听。青年渔夫把网撒下去，捉住它们，网没捉住的便用鱼叉去逮。他的小船装满了，美人鱼就对他微微一笑，沉下海去。

但她从不靠近他，不让他触碰到她。他屡屡地呼唤她，祈求她，但她不肯。他企图捉她时，她就一下子钻进水里，像海豹一样迅捷，当天他便再也见不到她了。在他听来，她的声音一天比一天更甜美。她的声音太甜美了，他忘记了他的渔网和他的诡计，忘记了他的打鱼手艺。那些长着"赛银朱"①色的鳍和凸出的金色眼睛的金枪鱼，一大群一大群地游过去，但他视而不见。他的鱼叉搁在身旁闲置着，他的柳条编的鱼篓里空空如也。他张着嘴，眼神呆呆的里面只有惊

---

① 银朱是用硫磺和汞炼成的丹药，也可作颜料。赛银朱是一种可代替银朱的色淀。——译者注

呀。他什么也不做，只坐在船上听她唱，直到海上的雾悄悄地包围了他，浮游的月亮把他棕色的四肢染成银白。

一天黄昏，他呼唤她，对她说："小美人鱼，小美人鱼，我爱你。让我做你的新郎吧，因为我爱你。"

但是美人鱼摇摇头。"你有一颗人的魂灵，"她答道，"只要你打发走你的魂灵，我就可以爱你了。"

青年渔夫对自己说："我的魂灵对我来说有什么用呢？我看不见它。我摸不到它。我不认识它。不妨就把它打发走吧，那样我会有更多的喜悦。"他嘴里迸发出一声快乐的叫喊，从上过漆的船上站起来，向美人鱼伸出双臂。"我会打发走我的魂灵，"他喊道，"你会成为我的新娘，我会成为你的新郎，我们一起住在深深的海里。你歌里唱过的一切你都带我去看，你想要的一切我都去做，我们一生一世不分离。"

小美人鱼高兴地笑了，用手捂住了脸。

"但是我怎样打发走我的魂灵呢？"青年渔夫叫道，"告诉我怎么做，瞧着！我一定照着做。"

"唉！我不知道呀，"小美人鱼说："海族是没有魂灵的。"她依依不舍地看着他，沉到海水深处去了。

于是，第二天大清早，太阳还没有升到小山顶上一拃[①]高，青年渔夫便来到神父的宅子，在门上敲了三下。

[①] 手掌张开时，大拇指尖到中指尖或小指尖的距离。——译者注

见习修道士从门上的小门往外面张望,看清楚来人后,他拉开门栓,对他说:"请进。"

青年渔夫进了门,跪在地板上铺的芳香的灯芯草上,喊叫正在诵读圣经的神父,对他说:"父啊,我爱上了海族的一个女子,我的魂灵妨碍我满足我的愿望。请告诉我怎样打发走我的魂灵,因为我确实不需要它。我的魂灵对于我有什么价值呢?我看不见它。我摸不到它。我不认识它。"

神父捶打着胸膛,答道:"呜呼,呜呼,你疯了,否则就是吃了有毒的草药。魂灵是一个人最高贵的部分,是上帝赐予的,我们应该高尚地使用它。没有任何东西比人的魂灵更宝贵,没有任何尘世的东西可以用来衡量它。它值得上世间的所有黄金,比国王们的红宝石更宝贵。所以,我的孩子,别再想这件事,因为这是一桩不可宽恕的罪。至于说海族,他们迷途了,想和他们来往的人也迷途了。他们就像不辨善恶的兽一样,主[①]不是为他们而死的。"

听到神父这些严厉的话,青年渔夫眼睛里噙满了泪水。他站起来,对他说道:"父啊,弗恩们[②]住在森林里,很快乐;男性人鱼们抱着红金的竖琴坐在石头上,也很快乐。我求你,让我和他们一样吧,因为他们的日子就像花儿的日子一样。

---

① 指耶稣。——译者注
② 弗恩,古罗马神话中的半羊的农牧神。——译者注

至于说我的魂灵，如果它在我和我所爱的事物中间作梗，它对我有什么益处呢？"

"肉体的爱是污秽的，"神父嚷道，眉头打起了结，"被上帝容忍而在他的世界里游荡的异教事物，都是污秽邪恶的。林地上的弗恩是该诅咒的，海里的歌者也是该诅咒的！夜间我听到过她们，我在拨着念珠祈祷，她们想引诱我停下。她们敲打窗户，发出笑声。她们对着我的耳朵，悄声讲述她们那些危险的乐趣。她们用种种的诱惑来引诱我，我要祈祷时她们对我做鬼脸。她们迷途了，我告诉你，她们迷途了。对于她们而言，没有天堂也没有地狱；无论在天堂还是地狱，都不该让她们颂扬上帝的名。"

"父啊，"青年渔夫嚷道，"你不知道自己在说些什么。有一回我用渔网捉到一个国王的女儿。她比晨星还要美丽，比月亮更加皎洁。为了她的肉体我愿意放弃魂灵，为了她的爱我愿意抛弃天堂。请告诉我想要知道的，让我平静地离去。"

"走开！走开！"神父喊叫着，"你的情人已经迷途了，你会跟着她迷途的。"

他没有给他祝福，而是把他赶出了门。

青年渔夫朝前走，走进了市场。他走得很慢，耷拉着脑袋，忧伤的人就是这样的。

商人们看见他过来，便交头接耳地开始议论，其中一个迎上去，唤他的名字，对他说："你有什么要卖？"

"我要把我的魂灵卖给你们,"他答道。"求你们买下它,因为我对它厌倦了。我的魂灵对我有什么用呢?我看不见它。我摸不到它。我不认识它。"

但是商人们挖苦他,他们说:"人的魂灵对我们有什么用呢?它连个破损的银币都不值。把你的身体卖给我们做奴隶吧,我们给你穿一身海紫色的衣服,给你手指上戴个戒指,送去给伟大的女王做奴才。但请不要谈什么魂灵,对我们来说它就是个零,并且没有丝毫的使用价值。"

青年渔夫对自己说:"这是一件多么奇怪的事!神父告诉我魂灵值得上世间所有的黄金,商人们却说它不值一个破损的银币。"他出了市场朝前走,走到海岸上,心里面开始琢磨该怎么办。

中午的时候,他想起自己有一个伙伴,他是个采集圣彼得草[①]的人。那人曾经告诉过自己,在海湾顶端的一处洞穴里,住着一个年轻女巫,她的巫术非常高明。他一下子就猛地向前跑去,他太急于摆脱他的魂灵了。他沿着海边的沙滩飞奔,身后扬起一片尘雾。年轻女巫感觉到手掌上痒,知道他正在赶来,她笑了,把她的红头发披散开。她披散着红头发,站在敞开的洞口,手里拿着一枝正在开花的野毒芹。

当他气喘吁吁地登上峭壁,向她俯身行礼时,她嚷嚷道:

[①] 一种生长在海岸岩缝间的伞形科多肉植物。——译者注

"你缺什么？你缺什么？刮逆风时鱼网能捉到鱼？我有一支小芦笛，吹一下，鲻鱼就会流到海湾里来。但东西是有价钱的，俊小伙子，东西是有价钱的。你缺什么？你缺什么？起一场风暴，让船只失事，把装着金银珠宝的箱子冲上岸来？我的风暴比风神还多，因为我侍奉的主人比风神更强大。拿一个漏杓加一桶水，我能把巨大的帆船打发到海底。但我是有价钱的，俊小伙子，我是有价钱的。你缺什么？你缺什么？我认识溪谷里生长的一种花，除了我之外谁也不知。它有紫色的叶子，花心里有一颗星星，它的汁液白得像乳汁。你只要用它触一下王后坚贞的嘴唇，她就会天涯海角跟着你。她会从国王的床上起来，天涯海角跟着你。但东西是有价钱的，俊小伙子，东西是有价钱的。你缺什么？你缺什么？我能在灰浆里捣烂一只癞蛤蟆，做成肉汁，再用死人的手去搅那肉汁。在你的仇敌睡着时把它淋在他身上，他就会变成一条黑色蝰蛇，他自己的母亲会把他杀死。我能用一个轮子把月亮从天上拽下来，能用水晶球让你看见死神。你缺什么？你缺什么？告诉我你的愿望，我会让你的愿望实现，你要付给我价钱，俊小伙子，你要付给我价钱。"

"我的愿望是一件小事，"青年渔夫说，"可是神父对我大发雷霆，把我赶出了门。那只是一件小事，可商人们嘲笑我，拒绝了我。所以我就来找你了，虽然人们称你邪恶。无论你要什么代价，我都会支付给你。"

"你要什么呢？"女巫走近他，问道。

"我要把我的魂灵打发走，"青年渔夫答道。

女巫的脸色刷地白了，她颤抖着，把脸埋在蓝色披风里。"俊小伙子，俊小伙子，"她喃喃地说，"那样做是很可怕的。"

他甩了一下棕色的发卷，笑了。"我的魂灵对我来说是个零，"他答道，"我看不见它。我摸不到它。我不认识它。"

"如果我告诉你方法，你给我什么作报答？"女巫问，用美丽的眼睛俯视着他。

"五块金币，"他说，"还有我的渔网，我住的枝条编的房子，我出海用的上过漆的小船。只要你告诉我怎样摆脱我的魂灵，我就把所有的财产给你。"

她大声地嘲笑他，用毒芹的枝叶打他。"只要我愿意，我能把秋天的树叶变成黄金，"她回敬道，"用苍白的月光织出白银。我所侍奉的主人比世界上所有的国王还要富有，统治着他们所有的领地。"

"你不要黄金也不要白银，"他嚷道，"那我拿什么给你作代价呢？"

女巫用瘦而白的手拨弄了一下他的头发。"你得和我一起跳舞，俊小伙子。"她悄声道，说话时还对他微笑着。

"就这个？"青年渔夫惊讶地嚷道，站了起来。

"就这个，"她答道，又对他微笑了一下。

"那就在日落的时候我们找个隐秘的地方一起跳舞，"

他说,"舞跳完以后,你就把我想知道的事情告诉我。"

她摇摇头。"等到满月的时候,等到满月的时候,"她咕哝道,然后四下里窥望,谛听。一只青鸟从巢中尖叫着升上天,在沙丘上空盘旋。三只斑点鸟在灰蒙蒙的粗糙草丛中沙沙地穿行,互相鸣啭应答。除了波浪摩挲水下光滑的鹅卵石的声音外,再没有别的声响。于是她伸出手,拽他到近前,把她干涩的嘴唇凑到他耳朵上。

"今晚你必须到山顶上去,"她低语道,"今天是安息日,他会来的。"

青年渔夫吃惊地望着她,她露出白牙,笑了。"你说的那个他是谁呢?"他问。

"这不重要,"她答道,"你今晚去那儿,站在鹅耳枥树枝下,等我来到。如果黑狗扑向你,就用柳树棍子打它,它会逃走。如果猫头鹰对你说话,不要答理它。月圆的时候,我会和你在一起,我们一起在草地上跳舞。"

"你起誓告诉我怎样打发走我的魂灵,行么?"他郑重其事地问。

她挪步到阳光下,风掠过她的红发,发出呼噜噜的声音。"我以山羊蹄的名义起誓,"她郑重其事地答。

"你是最棒的女巫,"青年渔夫嚷道,"今晚我一定到山顶上和你一起跳舞。我原以为,你要的肯定不是黄金就是白银。但你既然要这样一个代价,我肯定会满足你,因为这是小事一桩。"他深深地躬下身子，向她行了个脱帽礼，心里充满了巨大的欢乐，飞跑着回镇子去了。

女巫看着他走开。他刚从视野中消失，她就走进洞里，从一只雕花雪松木匣子里，取出一面镜子。她将镜子安在一个框子里，在镜子前面点燃木炭，把马鞭草放在上面焚烧，观察缭绕的烟雾。看了一会儿之后，她愤怒地握紧了拳头。"他本该是我的，"她咕哝道，"我和她一样美。"

那天晚上，月亮升起之后，青年渔夫爬上山顶，站在鹅耳枥树枝下。大海像一个光滑的巨大金属圆盘，躺在他脚下；一只只渔船的暗影，在小小的港湾中移动。一个长着黄硫色眼睛的大猫头鹰，叫唤着他的名字，但他不答理它。一条黑狗向他冲过来，吠叫着。他用一根柳树棍子打它，它呜咽着逃走了。

午夜时分，女巫们像蝙蝠一样从空中飞来。"哼哼！"她们一边停落在地上，一边嚷，"这儿有一个我们不认识的人！"她们到处嗅嗅，互相交谈着，作一些记号。最后来了那位年轻女巫。她身穿一件绣着孔雀眼睛的金线衣，头戴一顶小小的绿丝绒帽，披散的红发在风中飘扬着。

"他在哪儿？他在哪儿？"女巫们看见她以后，尖叫着问。但她只是笑笑，跑到鹅耳枥树跟前，拉起年轻渔夫的手，引着他来到月光下，开始跳舞。

他们旋舞着，转了一圈又一圈。年轻女巫跳得那么高，他都能看到她的绯红色鞋后跟。接着,舞者们中间响起了马儿奔驰的声音,但是看不见马儿,他感到很害怕。

"再跳快些,"年轻女巫喊道,她举起手臂搂住他的脖子,她的呼吸热烘烘地喷在他脸上。"再快些,再快些!"她喊道,大地似乎在他脚下旋转起来,他的脑子开始发晕。一种非同寻常的恐惧向他袭来,仿佛有某种邪恶的东西正在看着他似的。最后他注意到,在一块岩石的阴影里,有一个先前不存在的人影。

那是一个穿着一袭黑丝绒装的男子,衣服是西班牙款式。他的脸苍白得厉害,但他的嘴唇却像一朵骄傲的红玫瑰。他似乎很疲惫,后仰着身子,一副无精打采的模样,手中玩弄着短剑的球柄。他身旁的草地上放着一顶插着羽毛的帽子,一双有金边护手的骑马手套,手套上用细珍珠缝制着一种奇怪的图案。一件衬着黑貂皮的短斗篷从他肩上披下来,他那双娇嫩的白手上戴着许多戒指。他的眼睑沉重地垂在眼睛上。

青年渔夫就像中了魔咒一样,出神地望着他。最后他们的目光相遇了,他觉得,无论自己跳舞到什么地方,那男子的眼睛都仿佛始终在看他。他听见女巫的笑声,就搂紧她的腰,发狂似地带着她旋转了一圈又一圈。

突然,林子里响起了一只狗的吠叫声,舞者们停下舞步,两个两个地走上前去,跪下,吻那男子的手。她们这样做时,他那骄傲的嘴角现出了一丝笑容,就像鸟儿的翅膀触到水面,激起笑的涟漪一样。但他的笑容里含着轻蔑,他目不转睛地看着青年渔夫。

"来!我们去拜他,"女巫耳语道,想引他过去。她求他时,他心中突然生出了要拜那人的渴望,于是跟随她走上前去。但是当他来到那人近前时,却又很纳闷为什么要拜,便在胸前划了个十字,唤了圣子的名字①。

他话音刚落,女巫们就像鹰隼一样尖叫着,四散逃离。那张一直在望着他的无血色的脸,在阵痛中抽搐着。那男子一边向小树林跑,一边吹口哨。一匹披着银色饰物的母马奔过来迎他。他跳上马鞍时扭过头来,悲哀地看了青年渔夫一眼。

红头发女巫也想逃走,但渔夫搂住她的腰,紧紧地抱着她。

"松开我,"她喊叫着,"放我走。你唤了不该唤的名,做了不该看的姿势。"

"不行,"他答道,"你不告诉我秘密,我就不放你走。"

"什么秘密?"女巫说,像一只野猫一样和他搏斗着,咬着自己泛泡沫的嘴唇。

"你知道的,"他郑重其事地说。

她的草绿色眼睛里噙着泪,变黯淡了。她对渔夫说:"问

---

① 耶稣。——译者注

什么都行,除了那个!"

他笑了,比先前更紧地抱着她不放。

她看出来了,自己是无法脱身的,于是悄声对他说道:"我肯定和海的女儿们一样美,像住在蓝色海洋里的女子一样动人,"她向他献媚,把脸贴向他的脸。

但他皱着眉头把她的脸推开,对她说:"如果你不遵守对我许下的诺言,我就把你当作不诚实的女巫杀死。"

她的脸色变灰暗了,就像犹大树[①]开的花。她耸耸肩,咕哝道:"那好吧,反正是你的魂灵又不是我的。你想怎样对待它就怎样对待他。"她从紧身褡里取出一把绿蝰蛇皮柄的小刀,递给他。

"这刀对我有什么用呢?"他很纳闷地问。

她沉默了一会儿,脸上掠过一种恐怖的神情。然后,她把前额上的头发捋到脑后,怪怪地笑着,对他说:"人们所说的身影其实并不是身体的影子,而是魂灵的身体。背对月亮站在海岸上,沿着你的脚割开你的影子,也就是你的魂灵的身体,吩咐你的魂灵离开你,就行了。"

青年渔夫发抖了。"这是真的?"他喃喃地问。

"是真的。我真希望没有告诉你这个办法,"她呜咽着说,抱着他的双膝哭起来。

[①] 南欧紫荆,相传出卖耶稣的犹大自缢于此种树上。——译者注

他推开她,把她弃在杂草丛中,来到山崖边,将那把刀收在腰带里,开始向下爬。

他的魂灵在他体内向他喊叫,对他说:"瞧!这些年来我一直和你住在一起,做你的仆人。不要把我打发走呀,我对你使过坏么?"

青年渔夫笑了。"你没有对我使过坏,但是我不需要你了,"他答道。"世界很大,还有天堂和地狱,还有横陈在天堂和地狱中间的昏暗的曙暮光之屋。你愿意去哪儿就去哪儿,只是不要再麻烦我,因为我的爱在召唤我。"

他的魂灵凄惨地哀求他,但他不理会。他从一块巉岩跳到另一块巉岩上,脚步像野山羊一样稳健。最后他到了平地,来到黄色的海岸上。

他的四肢呈青铜色,强健结实,就像一尊希腊人制作的雕像。他就这样背对月亮,站在沙滩上。海水的泡沫中伸出白色的手臂向他示意,海浪中升起模糊的形体向他表示效忠。在他前面,躺着他的影子,也就是他的魂灵的身体。在他身后,在蜜色的天空上,悬着月亮。

他的魂灵对他说道:"如果你真的必须把我赶走,请不要让我不带着心离开。世界是残酷的,把你的心给我随身带走吧。"

他微笑着摇摇头。"如果我把心给你,我用什么去爱我的爱人呢?"他嚷道。

"别这样啊,请仁慈些,"他的魂灵说:"把你的心给我,因为世界非常残酷,我害怕。"

"我的心属于我的爱人,"他答道,"所以你别耽搁了,快走吧。"

"难道我就不该爱么?"他的魂灵问道。

"你走吧,因为我不需要你,"青年渔夫嚷道,他取出绿蝰蛇皮柄的小刀,沿着双脚割开了他的影子。它从地上起来,站在他面前,望着他,它的面貌和他本人一模一样。

他把小刀插进腰带里,悄悄地后退,一种恐惧感袭遍他的全身。"你走吧,"他喃喃地说,"别再让我看见你的脸。"

"不,我们一定会再见的,"魂灵说。它声音很低,就像笛音一样,它说话时嘴唇几乎没有动。

"我们会怎样再见呢?"青年渔夫嚷道。"你不会跟着我下到深海里去吧?"

"我会每年到这地方来一次,呼唤你,"魂灵说。"也许你会需要我的。"

"我会需要你做什么呢?"青年渔夫嚷道,"不过,还是随你的便吧,"说完,他投进了水中。海神特赖登们吹响号角,小美人鱼升上来迎接他,伸出手臂抱着他的脖子,吻了她的嘴。

魂灵站在孤独的海滩上望着他们。他们沉入大海深处之后,它哭泣着穿过沼泽离开了。

一年后，魂灵来到海岸上，呼唤着青年渔夫。他从深深的海水里升上来，说："你为什么呼唤我呢？"

魂灵答道："你到近前来，我好和你说话，因为我看见了奇妙的事情。"

于是他上前来，俯伏在浅水里，用手托着脑袋，听它说。

魂灵对他说道："离开你之后，我把脸转向东方，开始旅行。一切聪明的事物都是从东方来的。我旅行了六天，第七天早晨，我来到鞑靼境内的一座小山上。我坐在一棵柽柳的树荫下，躲避太阳。大地干了，热得着了火。人们在平原上来回跑，就像苍蝇在光滑的铜盘子上爬。

"中午时分，一片红色尘雾从大地平坦的边缘升起。鞑靼人看见后，拉开他们的画弓，跳上小马，飞驰着迎了上去。女人们尖叫着逃向大篷车，躲在毡帘子后面。

"黄昏的时候，鞑靼人回来了，但少了五个人，而且回来的人中受伤的不在少数。他们把马儿套上大篷车，急匆匆地驾车离开。三只豺狗从洞中出来，窥望着他们的背影。接着，它们仰起鼻子嗅嗅空气，快步向相反的方向跑去。

"月亮升起时，我看见平原上燃起了一堆营火，就向它走去。一群行商之人披着毯子围坐在营火旁。他们的骆驼拴在他们身后的桩子上，他们的黑人奴仆正在沙地上用熟皮搭帐篷，用仙人掌建起高高的围墙。

"我走到近前时，商人中的头领站起来，拔出剑，问我有什么事。

"我回答说,我是自己国家的一名王子,是从鞑靼人那儿逃出来的,他们想把我变成他们的奴隶。头领笑了,给我看拴在长竹竿上的五颗人头。

"接着他问我谁是神的先知,我回答说是默罕默德。

"他听见我说出伪先知①的名字,就向我鞠躬,握我的手,让我坐在他身边。一个黑人用木碟子给我端来了某种母畜的奶,还给了我一片烤羊羔肉。

"黎明时分,我们就启程了。我骑着一匹红毛骆驼,走在头领旁边。一个打前站的手持长矛,跑在我们前面。武士在两边,骡子驮着货物跟在后面。商队中有四十匹骆驼,骡子的数量是骆驼的两倍。

"我们从鞑靼人的国家进入诅咒月亮者的国境。我们看见格里芬②在白色的岩石上看守着它们的黄金,看见身上有鳞片的龙在洞穴中酣睡。翻过大山时,我们屏声静息,以免积雪松动,砸在我们身上;而且每个人头上都扎着薄纱巾,保护眼睛。我们穿过山谷时,俾格米人③躲在树洞里向我们

---

① 默罕默德是伊斯兰教的先知和真神,而渔夫是基督教徒,所以他的魂灵叙述时称其为伪先知。——译者注

② 古希腊神话里的狮身人面兽。——译者注

③ 古代传说和历史所述中的居住在埃塞俄比亚和印度的矮人。——译者注

射箭。夜间的时辰,我们听见野人们擂鼓的声音。来到猿塔跟前时,我们在猿的面前放些果子,它们便不伤害我们。来到蛇塔跟前时,我们用黄铜碗盛热奶给它们喝,它们便放我们过去。我们的旅途中,有三次来到奥克斯河①的岸边。我们乘木筏过河,木筏上系着巨大的兽皮气囊。河马怒气冲冲地瞪着我们,想把我们杀死;骆驼看见它们,便浑身打颤。

"每个城的国王都向我们征收过境税,却不允许我们进城门。他们从城墙上扔面包给我们,还有加蜜烤制的小玉米糕和枣泥馅的细粉面饼。每一百篮食物换我们一颗琥珀。

"村民们看见我们来到,便在井里下了毒,逃到小山顶上去。我们和马加代人打仗,他们生下来就是老人,却一年比一年年轻,变成小孩子以后就死去。我们和拉克特洛伊人打仗,他们自称是老虎的子孙,在身上涂满黑黄相间的条纹。我们和奥兰特人打仗,他们把死人葬在树顶上,活人却生活在黑暗的洞穴里躲避太阳;太阳是他们的神,却会杀死他们。我们和克里姆尼亚人打仗,他们崇拜一条鳄鱼,献给它绿玻璃的耳环,用黄油和新鲜禽肉喂它。我们和阿加荣贝人打仗,他们长着狗脸;和息班人打仗,他们长着马脚,比马儿跑得还快。我们的同伴三分之一战死了,三分之一饥渴而死,剩下的人抱怨我,说我给他们带来了厄运。我从一块石头下面

---

① 中亚细亚一条河的希腊名称,今名阿姆河。——译者注

揪出一条长角的蝰蛇,让它蜇我。他们看见我没有中毒症状,都害怕起来。

"第四个月我们到达伊勒尔城。我们来到城墙外的小树林时,已经是晚上,空气很闷热,因为月亮在天蝎宫①中运行。我们从树上采摘成熟的石榴,把它们揉碎,喝石榴的甜汁;然后,我们在毯子上躺下,等待天光破晓。

"拂晓时分,我们爬起来,敲城门。城门是红铜铸的,上面雕刻着海龙和长翅膀的龙。守城的兵士从城垛上往下看,问我们是干什么的。商队的翻译回答说,我们是从叙利亚岛来的,带着很多货物。他们收了一些货物作抵押,告诉我们会在中午开城门,吩咐我们在城外等着。

"中午他们打开了城门。我们进城后,城里的人走出家门,成群结队地跑来看我们。一个公告宣读人走遍城里各处,吹着螺号传播我们来到消息。我们站在市场上,黑人们忙着解下绳子,松开一捆捆花布,打开一只只雕花的西克莫槭木箱子。他们干完活之后,商人们亮出了他们的稀奇货物:上过蜡的埃及亚麻布,上过漆的埃塞俄比亚国家的亚麻布,提尔②的紫色海绵,西顿③的蓝色帷幔,还有金色的琥珀杯,精

---

① 或天蝎座,天上的星座之一。——译者注
② 古代腓尼基的著名港口城市,今属黎巴嫩。——译者注
③ 黎巴嫩港市。——译者注

致的玻璃器皿和各种奇特的陶制器皿。一座房子的屋顶上,有一群女人在望着我们,其中一位戴着镀金皮革面具。

"第一天僧侣们来和我们做以物易物的交易,第二天来的是贵族,第三天来的是手艺人和奴隶。城里有商人来逗留时,他们一向遵守这样的惯例。

"我们停留了一个月。月缺的时候,我厌倦了,便去城里的大街小巷中闲逛,信步来到本城所敬奉之神的花园里。僧侣们穿着黄色的袍子,静悄悄地在绿树间穿行。黑色大理石铺砌的地上,矗立着一座玫瑰红的建筑,那是神的居所。它的门上涂了粉漆,用光洁的黄金浮雕画,绘着公牛和孔雀。篷式屋顶上盖着海绿色的瓷瓦,凸起的房檐边悬挂着小铃铛。白鸽们飞过的时候,用翅膀碰着铃铛,发出叮叮当当的声音。

"庙宇前有一个池塘,是用带纹理的缟玛瑙砌的,池水清澈见底。我在池塘边躺下,用苍白的手指摩挲着宽大的树叶。一位僧侣向我走来,站在我身后。他脚上穿一双便鞋,一只鞋是柔软的蛇皮做的,另一只是用鸟的羽毛编的。他头上戴的僧帽是黑毛毡的,饰着银色的月牙。他的袍子上织着七道黄色,他的卷曲的头发上抹着锑粉。

"过了一会儿他对我发话了,问我有什么愿望。

"我对他说,我的愿望是见到神。

"'神去打猎了,'僧侣说,用他那双小小的斜视眼睛看着我,眼神很奇怪。

"'告诉我在哪一片林子里,我要去骑马陪着他,'我回应道。

"他用尖尖的长指甲梳理着长袍子上的柔软的流苏。'神睡着了,'他喃喃地说。

"'告诉我在哪一张卧榻上,我要去守望在他身旁,'我回应道。

"'神在设宴,'他嚷道。

"'如果酒是甜的,我要与他同饮;如果酒是苦的,我也要与他同饮,'我这样回应道。

"他好奇地低下头,用手抓住我,把我拽起来,引着我进了寺庙。

"在第一间神殿里,我看见一尊偶像坐在碧玉宝座上,宝座边沿镶着东方产的大珍珠。神像是用乌木雕成的,尺寸跟真人一般大小。它前额上嵌着一颗红宝石,稠稠的油从它的头发上往下滴,落在它的大腿上。它的脚被新宰杀的小山羊的血染红了,它的腰间束着一条铜带,上面嵌着七颗绿宝石。

"我问僧侣:'这就是神?'他答道:'这就是神。'

"'让我见真神,'我大声说,'否则我一定会杀死你。'我触了他的手,它就干瘪了。

"僧侣向我求饶,他说,'请主人医好仆人吧,我会带主人去见真神。'

"于是我向他手上吹了一口气,它就完好如初了。他浑身颤栗着,引我进了第二间神殿。我看见一尊偶像站在翡翠莲花台上,莲花台四周悬挂着大颗的绿宝石。神像是用象牙雕成的,尺寸有真人的两倍大小。它前额上嵌着一颗贵橄榄石,它的胸前涂着没药①和肉桂油。它一只手握着一根弯曲的翡翠权杖,另一只手握着一颗水晶球。它脚上穿着黄铜高统靴,粗大的脖子上挂着一个透明石膏圆环。

"我问僧侣:'这就是神?'

"他答道:'这就是神。'

"'让我见真神,'我大声说,'否则我一定会杀死你。'我触了他的双眼,它们就瞎了。

"僧侣向我求饶,他说,'请主人医好仆人吧,我会带主人去见真神。'

"于是我向他眼睛上吹了一口气,它们就复明了。他再一次浑身颤栗,引我进了第三间神殿。瞧啊!这里没有偶像,也没有画像之类的东西,只有一面金属圆镜子,安在石头圣坛上。

"我问僧侣:'神在哪儿?'

"他回答我说:'除了你见到的这面镜子,没有别的神,

---

① "没药"在东方是一种活血、化瘀、止痛、健胃的药,来自古代伊朗、阿拉伯及东非一带。——译者注

因为这是智慧之镜。它反映出天堂和尘世的一切事物,只除开看镜子的人的脸。它不反映看镜子的人的脸,那样,看镜子的就有可能是聪明人。有许多别的镜子,但它们都只是观点之镜。只有这一面才是智慧之镜。拥有这镜子的人,知晓万事万物,没有一件事物瞒得过他们。拥有这镜子的人,没有智慧是他们不具备的。因此它就是神,我们崇拜它。'我向镜子里面望去,果然和他说的一模一样。

"我做了一件奇怪的事,但我的行为无关大碍,因为我把智慧之镜藏起来了,藏着智慧之镜的那个山谷距离神庙只有一天的路程。请让我回到你身体里,做你的仆人吧,你会比所有的智者更聪明,智慧将属于你。请允许我回到你身体里,那样世上就没有人聪明如你了。"

但是青年渔夫笑了。"爱比智慧好,"他大声说道,"小美人鱼爱我。"

"不,没有事物比智慧更好,"魂灵说。

"爱更好,"青年渔夫答道,他沉入大海深处,魂灵哭泣着穿过沼泽离开了。

第二年过去后,魂灵来到海岸上,呼唤着青年渔夫。他从深深的海水里升上来,说:"你为什么呼唤我呢?"

魂灵答道:"你到近前来,我好和你说话,因为我看见了奇妙的事情。"

于是他上前来,俯伏在浅水里,用手托着脑袋,听它说。

魂灵对他说道:"离开你之后,我把脸转向南方,开始旅行。一切宝贵的事物都是从南方来的。六天里,我沿着通往阿希特城的大路旅行;沿着朝圣者习惯走的那条大路,那条尘土飞扬、被染成红色的路,我旅行了六天。第七天早晨我抬起眼睛,瞧啊!那座城就躺在我脚下,因为它坐落在山谷之中。

"那座城有九个门,每个城门前都立着一匹青铜的马,贝都因人[①]从山上下来时,那些青铜马就会嘶鸣。城墙是包铜的,城墙上的瞭望塔是黄铜作顶的。每个瞭望塔中都站着一名射手,手里持着弯弓。太阳升起时,他用箭敲响铜锣;太阳落山时,他用号角吹响号音。

"我想进城,兵士拦住我,问我是什么人。我回答说,我是一个伊斯兰教苦修教士,正在赶往麦加城[②]的路上;麦加城有一幅绿色面纱,上面有天使之手用银色字母绣的可兰经。他们充满了惊奇,恳请我进城。

"城里简直就是一个集市。你真该和我一起进去看看的。艳丽的纸灯笼像大蝴蝶一样,在狭窄的街道上飞舞着。风从屋顶上刮过时,它们上下飘浮,仿佛彩色的泡泡。货摊前,商人们坐着丝毯上。他们长着黑色的直胡须,他们的缠头巾

[①] 沙漠地带从事游牧的阿拉伯人。——译者注
[②] 穆罕默德诞生地,伊斯兰教第一圣地,朝圣之地。——译者注

上缀满了金币，他们冰凉的手指间滑动着长长的琥珀串和雕花核桃。有的商人售卖波斯树脂和甘松香，还有印度海群岛产的奇异香料、浓稠的红玫瑰油、没药和指甲形状的小片丁香。有人停下脚步搭讪时，他们撒一小撮一小撮的乳香在木炭火盆里，使空气中芳香弥漫。我看见一个叙利亚人手中握着一根芦苇似的细枝条，它冒着一缕缕灰色的烟雾，燃放的香气如同春天里粉红色杏花的芳香。还有些商人售卖压满了米蓝色绿松石花纹的银手镯，带细珍珠流苏的黄铜丝脚镯，安在金底座上的虎爪，还有也安在金底座上的、人称金猫的豹子的爪子，还有穿了孔的绿宝石耳环，中空的翡翠戒指。从茶馆里传来六弦琴的乐音，抽鸦片的人探出他们苍白的笑脸，望着街上的行人。

"真真的，你该和我一起去看看的。酒贩子肩上扛着黑色的大皮囊，用胳膊肘在人群中开路。他们中大多数人卖的是西瑞兹酒，那是一种和蜜一样甜的酒。他们把酒盛在小金属杯里，在上面撒些玫瑰花瓣，卖给顾客。市场上站着水果贩子，他们贩卖各种水果：袒露着擦伤的紫色果肉的成熟无花果，如黄晶一样黄像麝香一样香的甜瓜，香橼、番樱桃、一串串白色的葡萄，圆圆的金红色柑橘，还有卵形的金绿色柠檬。有一次我看见一头大象经过。它的长鼻子上涂着朱红色和姜黄色，两只耳朵上罩着一张绯红色的丝绳网。它在一个摊位对面停下脚步，开始吃柑橘，摊主却只是笑。你无法想象他们是多么奇怪的一个民族。他们高兴时,就去找鸟贩子,买一只笼中的鸟,把鸟儿放飞,那样他们就更加快乐。他们悲伤时,就用荆棘惩罚自己,以免自己的忧伤减轻。

"一天黄昏,我遇见几个黑人抬着一顶沉重的轿子穿过集市。轿子是用镀金的竹子做的,轿杆上漆着朱红的漆,缀饰着黄铜的孔雀。轿窗上悬着薄薄的麦斯林纱帘,纱帘上绣着甲虫的翅膀,缀着细粒的珍珠。轿子经过时,一个脸色苍白的切尔卡西亚人①从里面向外看,对着我微微一笑。我跟了上去,黑人们加快脚步,瞪起眼睛。但我不介意。我感到自己被一种巨大的好奇心攫住了。

"最后,轿子在一座白色的方形建筑前停了下来。它没有窗户,只有一扇墓门似的小门。他们落了轿,用一柄铜锤在门上敲了三下。一个身穿绿皮子土耳其式长衫的亚美尼亚人,从门上的小门向外窥望。看见来人后,他打开门,在地上铺了一条地毯。那女子下了轿,进门时,她再次回过头来,对我微微一笑。我从没有看见过像她那么苍白的人。

"月亮升起来时,我回到同一个地方寻找那建筑,但是它不复存在了。看到这情形,我明白了那女子是什么人,她为什么对我微笑。

"无疑,你该和我一起去看看的。在新月节,年轻的皇

---

① 高加索人的一支。——译者注

帝从皇宫里出来,去清真寺做祷告。他的头发和胡须用玫瑰叶子染过,他的脸颊上扑了一层细细的金粉,他的脚掌和手掌用藏红花染成了黄色。

"太阳升起的时候,他穿着白银的袍子出皇宫;太阳落山的时候,他穿着黄金的袍子回宫去。人们扑倒在地,把脸藏起来,但我不那样做。我站在一个红枣贩子的货摊前,等候着。皇帝看见了我,他扬起画过的眉毛,停了下来。我一动不动地站着,没有向他行礼。人们对我的大胆感到惊讶,劝我逃出城去。我没有听他们的劝告,而是走到贩卖异教神像的人中间,坐了下来。那些人由于他们所从事的行业的缘故,一向被人憎恶。我对他们说了我的所作所为之后,他们每个人都给我一尊神像,祈求我离开他们。

"那天夜里,我在石榴大街一家茶馆里,躺在一块垫子上面。这时皇帝的卫士来了,他们把我带进了皇宫。我每走进一道门,他们就在我身后把门关上,并且用铁链锁住。里面是一个巨大的庭院,庭院里有一条环绕四周的拱廊。墙壁是白色的雪花石膏做的,零零星星地贴着蓝色和绿色的瓷砖。柱子是绿色大理石的,地上铺着一种桃花大理石。此前我从未见过那样的东西。

我穿过庭院的时候,两个蒙着面纱的女子从露台上往下看,诅咒我。卫士们加快了脚步,长矛的末端磕在光洁的地面上,叮叮咚咚地响。他们打开一道装饰精美的象牙门,我发现自己到了一个有七个露台、有河流的花园里。里面种着香曼陀罗、银斑芦荟和开着杯状花朵的郁金香。一道喷泉悬在阴暗的空中,仿佛一根细长的水晶芦苇。一棵棵柏树,犹如一支支燃尽了的火炬。其中一棵树上,有一只夜莺在歌唱。

"花园尽头,立着一个小小的亭阁。我们走到它近前时,两个阉奴出来迎接我们。他们走动时,肥胖的身体左右摇晃着;他们睁着黄色眼睑的眼睛,好奇地看着我。其中一位把卫士长拉到一旁,用低低的声音对他耳语。另一位装腔作势地从一只淡紫色的椭圆形珐琅盒子里取出香糖,不停地咀嚼着。

"片刻之后,卫士长把卫士们遣散了。他们回皇宫去,两个阉奴缓缓地跟在他们后面,一边走,一边从树上采甜桑葚吃。其中一位回过头来,不怀好意地对着我笑。

"卫士长推着我走向亭阁的入口。我丝毫也不打颤地往前,拉开厚重的帷帘,走了进去。

"年轻的皇帝伸展四肢,靠在铺着染过色的狮皮的长榻上,手腕上栖着一只冰岛矛隼。他的身后,站着一个包着黄铜色缠头巾的努比亚人[①],上身一直赤裸到腰部,两只开裂的耳朵上垂着沉甸甸的耳环。长榻旁边的桌子上,放着一把

---

① 努比亚为非洲东北部一地区,包括苏丹北部和埃及南部沿尼罗河一带。努比亚人是黑人。——译者注

偃月形大钢刀。

"皇帝看见我,就皱起了眉头。他对我说:'你叫什么名字?你不知道,我是这城里的皇帝么?'但我不答理他。

"他用手指了一下偃月刀,那努比亚人便抓起刀,冲上前,对着我极其猛烈地砍了下来。刀刃飕地劈过我的身体,却没有伤害到我。那汉子却扑倒在地上,他爬起来之后牙齿格格地打颤,吓得躲到了长榻后面。

"皇帝跳起来,从兵器架上操起一杆长矛,掷向我。我一把将它截住,将长矛的柄一折两段。他又向我射来一支箭,但我两手一举,箭就停在了半空中。接着他从白色皮带里抽出一柄短剑,一剑刺穿了努比亚人的喉咙,以防那黑奴把他丢脸的事情说出去。那汉子像一条被人踩断脊骨的蛇一样,扭动几下,嘴巴里冒出了红色的泡沫。

"他一死,皇帝便转过身来对着我。他拿出一块带花边的紫色丝绸小手绢,擦去前额上亮晶晶的汗珠,然后对我说道:'你是一个先知,我没法伤害你?或者你是先知的子孙,我无法让你受伤?我祈求你今晚就离开,因为如果你在城里,我就不再是这城的主人。'

"我回答他说:'得到你一半的财宝,我就走。把你一半的财宝给我,我就离开。'

"他拉着我的手,引我来到外面的花园里。卫士长看到我,感到惊讶。两个阉奴看见我,双膝发抖,恐惧得跪倒在地。

"皇宫里有一间厅房，它有八面红色云斑石的墙壁，黄铜封盖的天花板上装着吊灯。皇帝触了其中一面墙，它就开了，我们走进一条点燃着许多支火炬的通道。两边墙上的壁龛里，立着巨大的酒坛子，坛中的银币装满到了坛子的边沿。我们走到通道中央时，皇帝说了那句不可以说出来的话，一道有秘密机关的花岗岩大门便向内打开了。他用双手蒙住眼睛，免得目眩。

"你无法相信门里面是一个多么奇妙的所在。一只只巨大的龟壳里装满了珍珠，一块块中空的巨型月光石内堆满了红宝石。黄金贮存在大象皮做的柜子里，金粉盛放在皮酒囊中。还有蛋白石和蓝宝石，蛋白石装在水晶杯里，蓝宝石盛在翡翠杯中。一颗颗滚圆的绿玉，整整齐齐地排放在一只只薄薄的象牙碟子上。一个角落里堆满了丝绸口袋，有的里面装的是绿松石，还有装的是绿柱石。象牙角杯里紫晶堆堆满满，黄铜角杯里盛满了肉红玉髓和黄玉髓。一根根雪松柱子上，挂着一串串黄色山猫石。扁平的椭圆形盾牌里，堆放着红玉，有葡萄酒色的，也有草绿色的。说了这么多，我也只告诉了你十分之一。

"皇帝把手从脸上放下来之后对我说道：'这是我的藏宝屋，恰如我对你承诺过的，里面的一半财宝归你了。我会给你骆驼和赶骆驼的人，他们会听你的吩咐，把你那份财宝送到这世界上你想去的任何地方。今晚事情就会安排妥当，

因为我不想让太阳,那是我的父亲,看见我的城里面有一个我杀不死的人。'

"但我回答他说:'这里的金子是你的,银子也是你的,珍贵的珠宝和值钱的东西都是你的。至于我,我不需要这些玩意儿。我什么都不会拿你的,只要你戴在手指上的那一枚小小的戒指。'

"皇帝皱起了眉头。'这只是一个铅戒指,'他嚷道,"不值什么钱的。所以,你还是取走一半财宝,离开我的城吧。'

"'不,'我答道,'我什么也不取,只要那枚铅戒指,因为我知道它里面写着什么,有什么用途。'

"皇帝浑身哆嗦起来,他央求我说:'把所有的财宝都拿走,离开我的城吧。我那一半也全都归你。'

"我做了一件奇怪的事,但我的行为无关大碍,因为我把那只财富戒指,藏在了距离这地方只有一天路程的山洞里。那地方离这儿只有一天的路程,正等着你去呢。一个人拥有了那戒指,就比全世界所有的国王更富有。所以啊,你快去取吧,戒指到手,世上的财富就都归你了。"

但是青年渔夫笑了。"爱比财富好,"他大声说道,"小美人鱼爱我。"

"不,没有事物比财富更好,"魂灵说。

"爱更好,"青年渔夫答道,他沉入大海深处,魂灵哭泣着穿过沼泽离开了。

第三年过去后,魂灵来到海岸上,呼唤着青年渔夫。他从深深的海水里升上来,说:"你为什么呼唤我呢?"

魂灵答道:"你到近前来,我好和你说话,因为我看见了奇妙的事情。"

于是他上前来,俯伏在浅水里,用手托着脑袋,听它说。

魂灵对他说道:"在那边我认识的一个城里,有一家傍河而立的客栈。我和几个水手坐在里面喝两种颜色不同的酒,吃大麦做的面包,还有一条浇了醋、放在月桂叶子上的小咸鱼。我们正坐着取乐,一个老人进了客栈,向我们走来。他随身带着一条皮毡子,一张带两个琥珀角的诗琴。他把皮毡子铺在地上,然后用一根翎管拨动起诗琴的琴弦。一个蒙着面纱的女孩跑进来,开始在我们面前跳舞。她的脸上蒙着薄纱,她的脚却赤裸着。她的赤裸着的双脚,在皮毡子上移动着,像两只小小的白鸽。我从没见过如此奇妙的情景,她跳舞的那个城,距离这地方只有一天的路程。"

青年渔夫听了他的魂灵说的这番话,记起小美人鱼没有脚,不会跳舞。一种强大的欲望攫住了他,他对自己说:"只有一天的路程,我能回到我爱人身边的。"他笑了,从浅水中站起身,大踏步向岸边走来。

上岸后他人到了干地上,又笑了。他向他的魂灵张开双臂,他的魂灵发出一声快活的大叫,迎着他奔过来,进入了他的身体。青年渔夫看见自己身体的影子在面前的沙滩上伸展开来,那正是他的魂灵的身体。

他的魂灵对他说:"我们不要耽搁,立刻就动身吧,因为海神们爱嫉妒,又有海怪听他们的吩咐。"

于是他们匆忙上路了。那天夜里,他们通宵都在月光下旅行;第二天,他们整日都在太阳底下旅行。黄昏时分,他们来到了一座城。

青年渔夫对他的魂灵说:"你和我说的那个女孩,她就是在这座城里跳舞的么?"

他的魂灵回答说:"不是这座城,是另一座。不过我们还是进去吧。"于是他们进了城,在大街上穿行着。经过珠宝商大街时,青年渔夫看见一个货摊上摆着一只漂亮的银杯。他的魂灵对他说:"取走那银杯,藏起来。"

于是他取走银杯,藏在短袖束腰长外衣的褶皱里。他们匆忙出了城。

他们出城走了一里格[①]之后,青年渔夫皱起眉头,把杯子扔了。他对他的魂灵说:"你为什么叫我取走杯子藏起来呢?这可是干坏事哟。"

但是他的魂灵答道:"安静些,别激动。"

第二天黄昏时分,他们来到了一座城。青年渔夫对他的魂灵说:"你和我说的那个女孩,她就是在这座城里跳舞的

[①] 里格为旧时长度单位,约5公里。——译者注

么?"

他的魂灵回答说:"不是这座城,是另一座。不过我们还是进去吧。"于是他们进了城,在大街上穿行着。经过檀香木商贩大街时,青年渔夫看见一个孩子站在一罐水旁边。他的魂灵对他说:"狠狠地揍那个孩子。"于是他狠狠地揍那孩子,直到他哭起来。干完这件事,他们匆忙出了城。

他们出城走了一里格之后,青年渔夫发起火来。他对他的魂灵说:"你为什么叫我狠狠地揍那孩子?这可是干坏事哟。"

但是他的魂灵答道:"安静些,别激动。"

第三天黄昏时分,他们来到了一座城。青年渔夫对他的魂灵说:"你和我说的那个女孩,她就是在这座城里跳舞的么?"

他的魂灵回答说:"也许就是这座城,那么我们进去吧。"

于是他们进了城,在大街上穿行着。但是在哪儿青年渔夫都找不到那条河,找不到傍河而立的那家客栈。城里的人好奇地看他,他害怕起来,对他的魂灵说:"我们这就走吧,因为那个用雪白的脚跳舞的女孩不在这儿。"

但是他的魂灵回答说:"不,我们在这儿过夜吧,因为夜色很黑,路上会有强盗。"

于是他在市场上坐下来休息。过了一段时间,一个包着头巾的商人从旁走过,他披着一件鞑靼布料的斗篷,用一根有节的芦苇,挑着一盏有玲珑孔洞的牛角灯笼。商人对他说:"你为什么坐在市场上呢,没看见货摊已经收了,货物已经捆扎起来?"

青年渔夫答道:"在这城里我找不到一间客栈,也没有一个亲戚可以留我住宿。"

"难道我们不都是亲戚么?"商人说,"不是同一个神创造了我们?所以跟我来吧,我有一间客房。"

于是青年渔夫站起身来,跟着商人去他的家。他们穿过一个石榴园,进到宅子里之后,商人用铜盘子端来玫瑰水,给他洗手;拿来成熟的甜瓜,给他解渴;又在他面前奉上了一碗米饭,一块烤小山羊肉。

他吃完后,商人领他去客房,祝他睡得香,休息得好。青年渔夫道了谢,吻了商人手上的戒指,然后扑倒在染过色的山羊毛毯子上。他用一条黑色羔羊毛被子盖好自己,然后就睡着了。

黎明前三小时,仍然是黑夜的时候,他的魂灵把他唤醒,对他说:"起来,去商人的房间,就去他的卧室,杀死他,取走他的黄金,因为我们需要金子。"

青年渔夫起了床,蹑手蹑脚地去到商人的房间。商人的脚上放着一柄弯刀,商人身边有一个托盘,里面放着九袋黄金。他伸出手,去摸弯刀。他碰到刀时,商人惊醒了,他跳起来,把刀抓在自己手里,对青年渔夫喊道:"你竟然以怨报德，用流血来报答我对你的一片好心？"

青年渔夫的魂灵对他说："打他，"他就把商人打昏过去，然后抓起九袋黄金，急匆匆地穿过石榴园逃走了。他面朝那颗星星，那颗晨星，向前走。

他们出城走了一里格之后，青年渔夫捶着胸膛，对他的魂灵说道："你为什么吩咐我杀死商人，取走他的金子？你确实很坏。"

但是他的魂灵答道："安静些，别激动。"

"不，"青年渔夫嚷道，"我安静不下来，因为我恨你促使我所做的一切。连你我也恨，我命令你说实话，你为何要这样子影响我。"

他的魂灵答道："你打发我离开你出去闯世界的时候，并没有给我一颗心，所以我学会了干所有这类事情，并且很爱干。"

"你说什么？"青年渔夫喃喃地说。

"你明白的，"他的魂灵答道，"你明白得很。难道你忘了，你并没有给我一颗心？我不相信。所以啊，不要为难你自己，也不要为难我。安静些，因为没有痛苦是你不该抛弃的，没有欢乐是你不该接受的。"

青年渔夫听了这番话，浑身发抖。他对他的魂灵说道："不，你是个坏东西。你使我忘记了我的爱人，你用魔道来引诱我，让我的脚踏上了罪恶之路。"

他的魂灵回应道："你并没有忘记,你打发我离开你去闯世界的时候,并没有给我一颗心。来吧,我们去下一个城,去寻欢作乐,因为我们有九袋黄金。"

但是青年渔夫拿起九袋黄金,砸在地上,用脚踩。

"不,"他嚷道,"我不想和你搅在一起了,也不会再和你去任何地方旅行。就像以前我把你打发走一样,现在我要再把你打发走,因为你对我没有好影响。"他转过身去,背对着月亮,取出那把绿蝰蛇皮柄的小刀,使劲儿要沿着双脚割开他的影子,也就是他的魂灵的身体。

可他的魂灵不肯离开他,也不听从他的命令,却对他说:"女巫告诉你的咒语已经对你没有助益,因为我不可以离开你,你也不可以赶我走了。一个人一生有一次机会可以打发走他的魂灵,但这个人重新接受他的魂灵之后,就必须永远留着它,这是对他的惩罚,也是给他的奖赏。"

青年渔夫脸色苍白,攥紧拳头,大声叫喊:"她是个不诚实的女巫,因为她没有告诉我这个。"

"不,"魂灵回应道,"她对她所崇拜的他是诚实的,她会永远做他的仆人。"

青年渔夫知道,他再不能摆脱他的魂灵了,它是一个邪恶的魂灵,将永远和他待在一起。他倒在地上,凄惨地哭泣着。

白昼降临后,青年渔夫站起来,对他的魂灵说:"我要绑住我的双手,不让自己照你的吩咐去做;闭上我的双唇,不让自己按你的意思去说。我要回到我爱的人居住的地方去，也就是回到大海去，回到她经常在那儿唱歌的小海湾里去；我要呼唤她，告诉她我做过的坏事，和你对我施加过的坏影响。"

他的魂灵诱惑他说："你的爱人是什么人，你就该回到她身边？世上有许多比她更美丽的人。有萨马利斯的舞女，她们学各种鸟兽的样子跳舞。她们的脚用散沫花①染过，她们的手里握着小铜铃。她们一边笑一边跳舞，她们的笑声像水的笑声一样清澈。随我来，我引你去看她们。这与你忧虑的罪恶之事有什么关系？难道美味可口的东西不是做了给人吃的么？难道香甜的饮料里一定有毒药？不要自寻烦恼了，随我去另一个城吧。紧靠这地方，有一个小城，城里有一个郁金香花园。那秀丽的花园里，住着白孔雀和蓝胸孔雀。它们的尾翎对着太阳张开时，就像象牙的碟子，就像镀金的碟子。喂它们的那个女子，跳舞逗它们开心。有时她跳舞手着地，有时她跳舞用脚。她的眼睛闪着锑的光彩，她的鼻子形状像燕子的翅膀。她的一个鼻孔里，一只钩子上悬着一朵珍珠雕成的花儿。她一边笑一边跳舞，脚踝上的银镯子像银铃一样叮叮当当地响。所以啊，不要自寻烦恼了，随我去那个城吧。"

但是青年渔夫没有答理他的魂灵，他只用沉默的封条封

---

① 植物染料，可染指甲、头发、眼皮等。——译者注

住双唇,用紧绷绷的绳子捆住双手,向着他所来的地方,踏上了回归的旅程,也就是回到他爱人经常在那儿唱歌的小海湾里去。一路上,他的魂灵不罢休地诱惑他,但他不答理它,不做它企图促使他去做的任何坏事。他的心里,爱的力量是那么的伟大。

到达海岸后,他松开手上的绳子,从嘴上揭下了沉默的封条,呼唤着小美人鱼。但她没有应他的召唤而来,虽然他唤了她一整天,并且哀求她。

他的魂灵嘲笑他,它说:"你肯定没有从你爱人那里得到多少快乐。你就像一个死期已至还在用竹篮打水的人一样。你付出所有,却得不到丝毫回报。最好还是随我来吧,因为我知道欢乐谷在什么地方,知道那儿在制造什么东西。"

但是青年渔夫不答理他的魂灵,他在一块开裂的岩石中用树枝为自己搭了一间小屋,在里面住了一年之久。每天早晨他呼唤美人鱼,每天中午他再一次呼唤她,每天晚上他念她的名字。但她一直没有升到海面上来见他;他在大海的洞穴中,在浅水区[①],在潮水留下的水潭里,在海底的井里……到处找她,但任何地方都不见她的踪影。而他的魂灵一直在引诱他入邪道,悄声对他说些可怖的事情。但它没能战胜他,

---

[①] 原文the green water绿水区,指大海30米以上的浅水区,超过30米深为the blue water,蓝水区,深水区。——译者注

168

他的爱的力量是那么的伟大。

那一年过去之后,魂灵暗自思忖:"我用邪恶诱惑我的主人,他的爱力量比我强大。现在我要用善去诱惑他,也许他会跟随我的。"

于是他对青年渔夫发话了,他说:"我对你讲过世间的快乐,你对我的话充耳不闻。现在请允许我对你讲世间的痛苦,也许你会愿意听。说实在的,其实痛苦是这世界的主人,没有一个人能逃得过它的罗网。有的人缺乏衣服,有的人短少面包。有的寡妇穿破衣,有的寡妇着紫袍。麻疯病人在沼泽地里来回走动,他们对待彼此凶残狠毒。乞丐们在大路上东奔西跑,他们的口袋里空空如也。饥荒在城里的大街上行走,瘟疫坐在城门口。来吧,让我们前去改正这些事,不让它们再发生。你明知道你的爱人不肯应你的召唤,为什么还要一直待在这儿唤她呢?爱究竟是什么,你居然把它看得如此之重?"

但是青年渔夫没有答理这番言语,他的爱的力量是那么的伟大。每天早晨他呼唤美人鱼,每天中午他再一次呼唤她,每天晚上他念她的名字。但她一直没有升到海面上来见他;他在通大海的河流里,在波涛下面的山谷中,在被黑夜染成紫色的海里,在被黎明映作灰色的海里……到处找她,但任何地方都不见她的踪影。

第二年过去后,青年渔夫的魂灵,乘着夜间他独自在树枝搭建的小屋里坐着的机会,对他说:"瞧!我已经用邪恶诱惑过你,也已经用善来诱惑过你,你的爱的力量比我强大,所以我不再诱惑你,只求你允许我进入你的心,那么我就可以像从前一样,和你成为一体。"

"你当然可以进去,"青年渔夫说,"因为你在没有心的日子里,在世上四处漂泊,一定受了不少苦。"

"唉!"他的魂灵嚷道,"我找不到入口,你的这颗心被爱包裹得太严了。"

"我倒是希望自己能够帮你一把,"青年渔夫说。

他的话一出口,大海里就响起了一声极悲恸的大叫,这叫声是海族里死了人的时候才会听到的。青年渔夫跳起来,跑出树枝搭建的小屋,来到海岸上。黑色的浪涛疾速地向岸边涌来,浪尖上载着一个比白银更白的物体。它像浪花一样白,像鲜花一样在浪头上颠簸着。浪花把它从浪头上接过去,泡沫又把它从浪花上接过来,然后海岸接受了它,把它放在青年渔夫脚下,于是他看见了小美人鱼的身体。她躺在他脚下,已经死了。

他哭得像一个被痛苦所摧毁的人一样。他扑倒在她身边,吻着她冰冷的红唇,摩挲着她湿琥珀一样的头发。他扑倒在她身边的沙滩上,哭得像一个因快乐而颤抖的人一样,用褐色的臂膀紧紧地把她搂在胸前。她的双唇已经冰凉,但他依然吻着它们。她的甘甜的秀发已经咸湿,但他依然带着苦涩的快乐品尝着它。他吻着已经闭上的眼睑,她眼窝上溅着的海水还不及他的眼泪咸。

他对着死去的人儿忏悔起来。他向她耳朵里倾倒着他的故事之苦酒。他拿起那双小手,搭在他脖子上;他用手指轻触着她细细的喉管。他的快乐非常、非常苦涩,他的痛苦中充满了一种奇怪的愉悦。

黑色的大海在逼近,白色的泡沫像麻疯病人一样呻吟着。大海用泡沫的白色爪子抓挠着海岸。从海王的王宫里又传来了悲恸的哀号,远处的海面上,那些非凡的海神特莱登嘶哑地吹着他们的号角。

"快逃吧,"他的魂灵说:"大海在不断逼近,你再耽搁的话,会被它杀死。快逃吧:看到你的心由于爱的力量之伟大,对我关闭着,我很害怕。快逃到安全的地方去。我还没有心,你一定不会就这样打发我去另一个世界吧?"

但是青年渔夫不听他的魂灵,只管呼唤着小美人鱼,他说:"爱比智慧更好,比财富更宝贵,比人类的女儿的脚更美丽。火烧不坏它,水浇不灭它。黎明时我呼唤你,你不应我的召唤而来。月亮听见我念你的名字,你依然不理睬我。是我不好,我离开了你,我到处漂泊害了自己。但你的爱始终和我在一起,它永远强烈,任何事物都不能战胜它,尽管我面对过恶也面对过善。现在你死了,我一定要陪着你一块儿死。"

他的魂灵哀求他离开,但他不肯,他的爱太伟大了。大海越逼越近,想用浪涛盖住他;他明白,最后的时辰正在临近,便用他那疯狂的嘴唇吻了美人鱼的冰凉的嘴唇,他的心就破裂了。他的心因为充满了爱而破裂,魂灵就找到了一个入口进了他的心;于是又像从前一样,他的魂灵和他成了一体。大海用浪涛盖住了青年渔夫。

早晨,神父前去祝福大海,因为它一直在骚动着。修道士,乐师,持蜡烛的,摇香炉的,还有一大群人,跟着他一块儿去。

神父到达海岸上时,看见青年渔夫被海浪淹死了,躺在那儿,臂弯中紧紧地抱着小美人鱼的尸体。他皱着眉头往后退,划着十字,高声大叫着说:"我不会祝福大海和大海里的任何东西。海族是该诅咒的,和他们来往的所有人都是该诅咒的。至于这个人,他为了爱的缘故背弃了上帝,所以和他那个被上帝的审判杀死的情妇一起躺在这儿。抬走他和他情妇的身体,把他们埋在漂布地[①]的角落里,不要在埋他们的地方竖任何标志,也不要做任何记号,那样就不会有人知道他们安息的所在。因为他们活着时受诅咒,死了以后也该受诅咒。"

---

① 典出圣经《以赛亚书》:"耶和华对以赛亚说,你和你的儿子施亚雅述出去,到上池的水沟头,在漂布地的大路上,去迎接亚哈斯"。漂布地为水源充足的开阔地,因被漂布液污染而寸草不生。——译者注

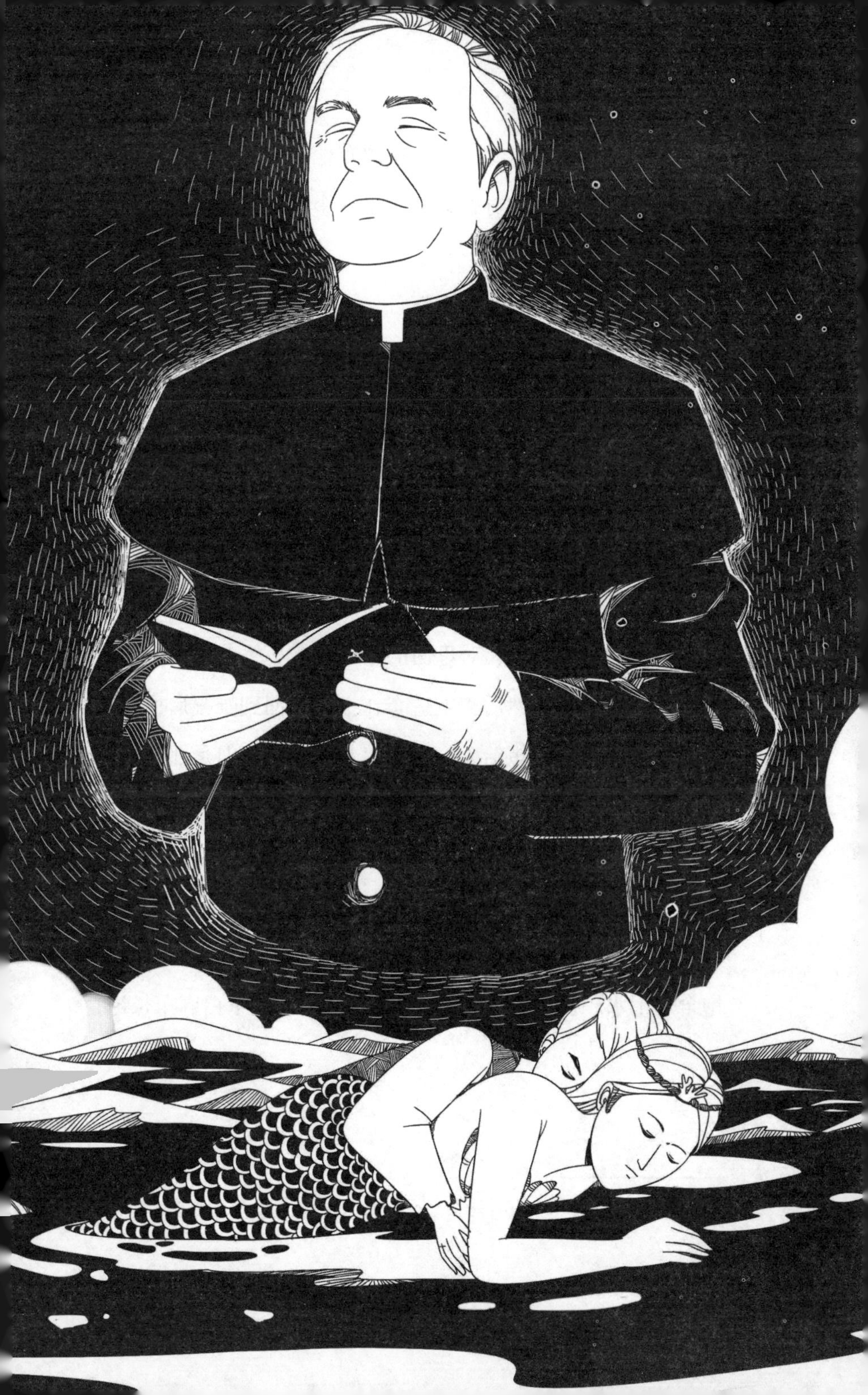

人们按照他的命令去做。在漂布地的角落里，那没有一颗清香的草生长的地方，他们挖了一个深坑，把两具死尸放在里面。

第三年过去后，在一个祭日，神父去主持礼拜，他要给人们看主的伤痛①，给他们讲解上帝的愤怒。

他自己穿好法衣，走进小礼拜堂。他在圣坛前行礼的时候，看见圣坛上覆盖着以前从未见过的奇异的鲜花。花儿的模样很奇特，而且美得不同寻常。它们的美使他心乱，它们的气味使他的鼻子里充满了芳香。他感到快乐，却不明白自己为什么快乐。

然后他打开圣龛，对里面的圣体匣敬了香，向人们展示清白无污的圣饼，然后盖上遮布，把它藏回到帷幔后面，开始对人们布道。他想给人们讲解上帝的愤怒，但是那些白色花朵的美使他心乱，它们的气味使他的鼻子里充满了芳香，从他的嘴里就说出了另外的话。他没有讲解上帝的愤怒，而是讲了名字叫作爱的上帝。为什么自己会这样讲，他不知道。

他的话讲完之后，人们哭了。神父回到圣器室，眼睛里饱含着泪水。执事们走进来，给他脱法衣：脱下白麻布长袍，

---

① 指耶稣被钉在十字架上所受的伤。——译者注

解下腰带、左臂上佩的饰带①和圣带。他像梦中人一样站在那儿不动。

他们给他脱完法衣之后，他看着他们，问道："圣坛上放的是什么花？是从什么地方来的？"

他们回答他说："是什么花我们说不上来，但它们是从漂布地的角落里采来的。"神父颤栗起来，他回到自己家里，开始做祷告。

第二天早晨，天刚拂晓，他就出发了。修道士，乐师，持蜡烛的，摇香炉的，还有一大群人，跟着他一块儿来到了海岸上。他祝福了大海，祝福了大海里所有野生的生灵。他还祝福了农牧神弗恩们，在林地里跳舞的小生灵，和眼睛明亮、透过树叶向外面窥望的生灵们。他祝福了上帝的世界里的所有生灵，人们的心中充满了快乐和惊讶。可是，漂布地的角落里再没有长出过任何一种花儿，而是恰如从前一样，仍是一块不毛之地。从前海族的人常常来到港湾里，如今再也不来了，因为他们去了大海中别的地方。

---

① 这种饰带是天主教神父佩带的，所以这是一位天主教神父。——译者注

星孩儿

从前,有两个贫苦的樵夫在回家的路上,穿过一片大松林。那是一个冬天的夜晚,寒冷刺骨。地面上积着厚厚的雪,树的枝桠被雪压弯了。他们一路走过去,只听得两边的细树枝被冰雪咬得噼啪作响。他们来到瀑布跟前时,看见她一动不动地悬在空中,因为冰王吻过她了。

天那么冷,连鸟兽也不知道怎样应对啦。

"嗷!"狼咆哮着,他夹着尾巴从灌木林中深一脚浅一脚地跑过,"这鬼天气真是怪极了。政府为什么不关心关心呢?"

"啾!啾!啾!"绿衣朱顶雀叽叽喳喳地叫着,"老大地死了,他们用白寿衣把她收殓了。"

"大地要结婚了,这是她的嫁衣,"斑鸠们交头接耳议论道。他们的粉红色小脚已经冻伤了,但仍然觉得,对于眼前的处境,自己有责任持有一种浪漫的观点。

"胡扯!"狼吼道,"我告诉你们,这全是政府的错,如果你们不信,我就吃了你们。"狼的头脑是完全现实的,他永远不会找不到一个好理由。"

"嗯,在我个人看来,"啄木鸟发言了,他是个天生的哲学家,"我不喜欢用原子论来解释。事情原本怎样,就是怎样,目前天气极其寒冷。"

当然极其寒冷。住在一棵高大的冷杉树上的小松鼠们,一直在互相揉搓鼻子取暖。兔子们蜷缩在洞里,连冒险向门外看一眼都不肯。似乎喜爱这种天气的唯一族类是大角鸮。他们的羽毛被冰霜冻硬了,却毫不在意;他们转动着黄色的大眼睛,在森林里,隔得很远,彼此呼唤着:"突喂!突呜!突喂!突呜!多么令人愉快的天气哦!"

两个樵夫不停地向前走,一边走一边起劲地呵手指,在结了块的雪上踩着钉过铁掌的靴子。有一回他们陷进深深的积雪中,爬出来时一身的白,就像石磨在转动时的磨坊主一样。有一回他们在坚硬光滑的冰面上滑倒了,那儿原是沼泽地,里面的水结成了冰;柴禾捆摔散了,他们只好把它们捡起来,重新捆好。又有一回,他们觉得自己迷路了,心里惊恐万分,因为他们知道,雪神对于在她怀抱里睡着的人,是非常残酷的。但是他们信赖好人圣马丁[①]，他是所有出门在外的人的守护者。他们循着自己的脚印折返回去，又小心翼翼地往前走，终于来到了森林边缘，远远地看见下方的山谷里，他们所居住的村庄闪着灯光。

他们脱了险，分外高兴，开怀大笑。在他们眼里，大地仿佛是一朵白银的花儿，月亮就像是一朵黄金的花儿。

可是，不久他们的欢笑就变了悲伤，因为他们记起了自己的贫困。一个樵夫对另一个说道："我们有什么可高兴的呢？生活是向着富人的，并不向着我们这样的人。我们还不如在森林里冻死的好，或者让野兽扑倒、杀死。"

"这是实话，"他的同伴答道，"有的人拥有很多，另一些人得到的却很少很少。不公已经把世界分成了两块，除了忧伤之外，没有一样东西是平均分配的。"

他们正在你一言我一语哀叹自己的悲苦时，我们要讲述的这件奇怪的事发生了。从天上坠下来一颗很亮、很美的星星。它沿着天边向下滑落，沿途经过许多别的星星，它们都惊讶地望着它。两个樵夫觉得，它仿佛就落在一箭之遥的地方，落在一个小羊栏边的柳树丛中。

"嗨！谁找到它，就能得到一罐金子，"他们叫喊着，奔跑起来，他们太想得到金子了。

[①]《圣经》中的人物，天主教有圣马丁节。——译者注

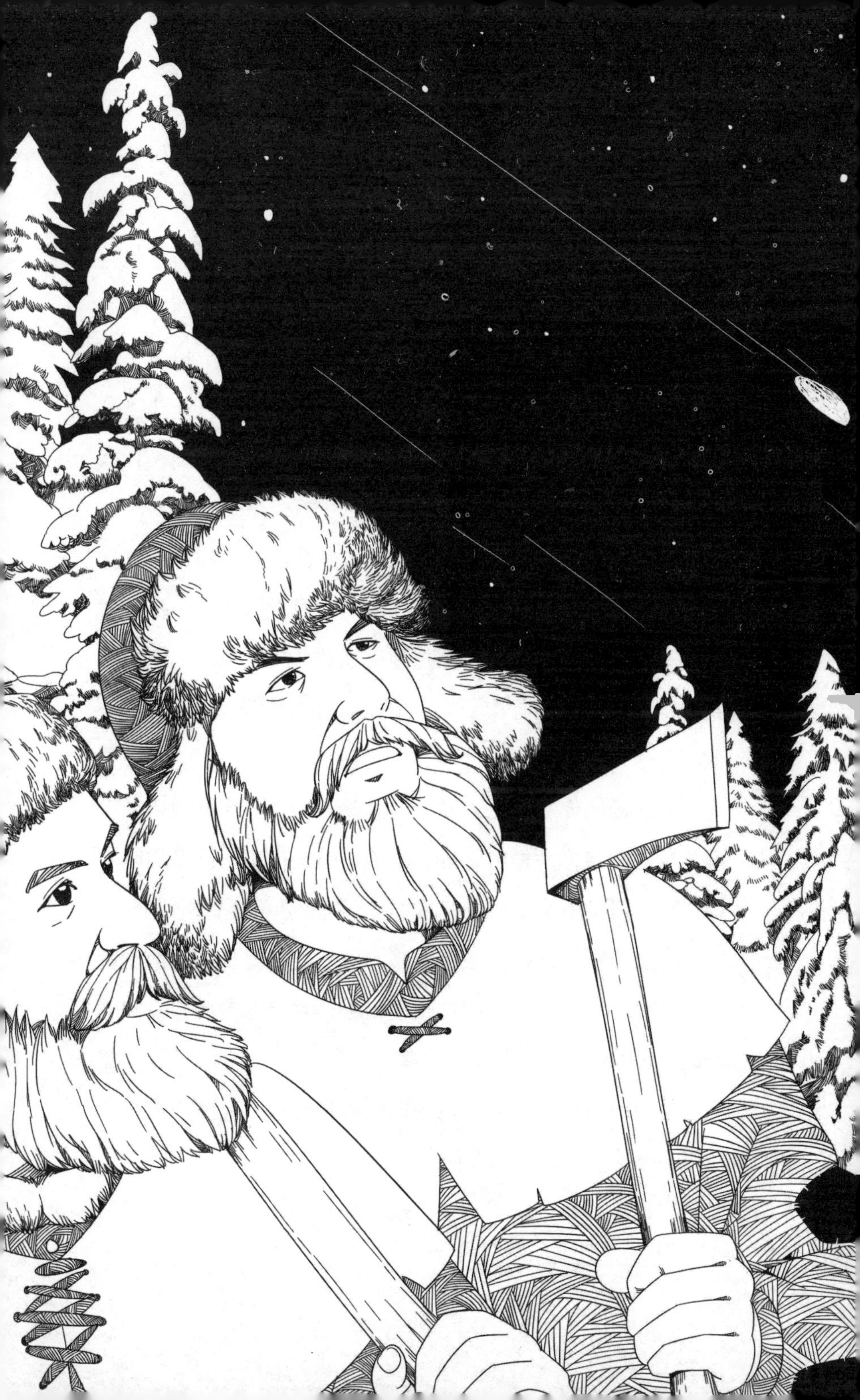

一个樵夫比另一个腿快，跑到了前头。他钻进柳树丛，从另一头跑了出来，瞧啊！真有一个黄金的物件躺在白雪上。于是他加快脚步奔过去，俯下身子，双手揿住了它。那是一件金线斗篷，很奇特地绣着星星的图案，在一样东西上裹了好几层。他向同伴大叫着，告诉他已经找到了天上掉下来的宝贝。同伴赶上来后，他们一起在雪地上坐下，打开斗篷分金子。可是，唉！里面没有金，也没有银，的的确确，什么宝贝也没有，只有一个熟睡的小孩儿。

一个樵夫对另一个说道："我们满怀希望，却得到这样一个悲惨的结果。我们真是一点财运也没有，一个小孩子对男人有什么用呢？我们还是把他丢在这儿，走我们的路吧。我们是穷人，自己有孩子，总不能把他们的面包给别人的小孩。"

但他的同伴答道："不，把这孩子丢在雪地里饿死是作孽的事。我和你一样穷，等着吃饭的嘴巴很多，锅里的东西却很少，但我还是要把他带回家去，我的妻子会照顾他的。"

于是他轻轻地把孩子抱起来，用斗篷把他裹好，挡住刺骨的寒冷。他下了山，向村子里走去；对于他的傻心眼和软心肠，他的同伴感到惊奇和不解。

他们回到村子里时，他的同伴对他说："你要了孩子，所以斗篷给我吧，捡到东西应该平分的。"

但是他回答说："不，斗篷不是我的，也不是你的，它只属于这孩子。"他向同伴道了声好运,走到自家屋子跟前,敲了门。

他妻子打开门,看见丈夫平安归来,就搂住他的脖子,吻了他,然后从他背上接过柴禾捆,掸去他靴子上的雪,叫他进去。

但是他对她说:"我在森林里发现了一件东西,带回来请你照看它,"他站在门槛外面不肯动脚步。

"是什么呢?"她嚷道,"让我看看。家里空空荡荡的,我们需要很多东西。"他把斗篷掀开,给她看里面熟睡的孩子。

"啊呀,天哪!"她喃喃地说,"我们自己没有孩子么,需要你带个掉包的孩子①回来看家?谁知道他会不会给我们带来恶运?我们怎样照料他呢?"她对他生气了。

"不,他是个星孩儿,"他答道。他给她讲述了发现他时的奇特情形。

但是她不肯让步。她嘲笑他,怒气冲冲地说话,对他嚷嚷:"我们自己的孩子面包还不够吃,怎么来养别人的孩子?有谁来关心我们?谁会送食物给我们?"

"不,上帝连麻雀也关心,也喂它们的,"他答道。

"冬天麻雀不是会饿死么?"她反问道,"现在不正是

---

① 原文changeling,迷信说法中被仙女偷换后留下的丑孩子。——译者注

冬天么?"

男人没有回答,只站在门槛外面,不肯动脚步。

一阵刺骨的寒风从森林那边刮过来,吹进家门,她打了个哆嗦。她颤抖着,对他说:"你不想把门关上么?刺骨的寒风吹进屋子里来了,我冷。"

"一间心如铁石的屋子里,吹进来的不永远是寒风么?"他问道。女人没有回答,只悄悄地向火炉边靠了靠。

过了一会儿,她转过身来看着他,眼睛里噙满了泪水。他迅速走进门去,把孩子放在她的臂弯里。她吻了他,把他放在他们最小的孩子睡着的小床上。第二天,樵夫把那件奇特的金线斗篷拿起来,收进一个大柜子;他妻子把孩子脖子上的一根琥珀项链取下来,也收进了那个大柜子里。

于是,星孩儿和樵夫的孩子们一起被养育起来,坐在同一张桌子旁边吃饭,和他们一同玩耍。他的模样一年比一年美丽,村子里的人都感到很惊奇,因为他们是黑肤黑发,他却如锯开的象牙一般白皙细腻,他的卷发就像水仙花环。还有,他的嘴唇宛若红花的花瓣,他的眼睛如同清清河水边的紫罗兰,他的身体如同刈草人不去的田野上生长的水仙。

但他的美貌对他起着坏作用,他变得骄傲、残酷、自私了。樵夫的孩子们,村子里的其他孩子,他都瞧不起。他说他们出身低贱,他自己却出身高贵,是一颗星星生出来的。他自命为他们的主人,把他们唤作他的仆人。对于穷人,对于眼睛失明的人，对于重伤残废的人，对于病痛在身的人，他毫无怜悯之心，反而拿石头扔他们，把他们赶到大路上，吩咐他们去别处乞讨面包。到了最后，除了歹徒以外，没有人会第二次到他们村子里讨施舍。他确实迷恋美，总是挖苦屠弱者和丑陋的人，拿他们开玩笑。他自恋，在夏季无风的日子里，他会趴在神父果园里那口井的边沿，俯望倒映在水面上的出奇皎美的面容，为自己的美貌高兴得笑出声来。

樵夫和他的妻子时常责备他，他们说："我们并没有像你对待孤苦无依的人那样对待你，为什么你对待需要怜悯同情的人那么残酷呢？"

老神父经常把他叫去，设法教他爱生灵，他对星孩儿说："飞蝇是你的兄弟，不要伤害它。在森林里悠游的野鸟有它们的自由，不要为了你自己开心抓捕它们。上帝创造了蛇蜥和鼹鼠，它们各有自己的位置。你是什么人，竟然给上帝的世界带来痛苦？连田野里的牲口都知道赞美上帝呢。"

但是星孩儿听不进他们的话，只皱着眉头，露出不屑的表情回到同伴们中间，做他们的头领。同伴们都跟随他，因为他长得美，跑得快，会跳舞，会吹笛子，还会编曲子。无论星孩儿领他们去什么地方，他们都跟着；无论星孩儿吩咐他们做什么，他们都照做。他拿一根尖芦苇戳鼹鼠迷糊的眼睛，他们哈哈大笑；他拿石头扔麻疯病人，他们也哈哈大笑。在每一件事情上，他都统领着他们；他们变成了铁石心肠，就和他一样。

有一天,一个贫苦的丐妇从村子里经过。她的外套破破烂烂,她的双脚因为一路走来在粗糙的路面上磨破了,流着血。她的境况非常恶劣。她累了,在一棵栗子树下坐着休息。

星孩儿看见了她,就对同伴们说:"看!一个臭烘烘的女乞丐,居然坐在那棵叶子碧绿的美丽的树下面。来,我们去把她赶走,她太丑、太难看了。"

于是他走到近前,向她扔石头,并且挖苦她。她看着他,眼神里带着惊恐;她看着他,目不转睛。这时樵夫正在场院侧边[①]砍木头,他看见星孩儿的恶行,便跑过来指责,他说:"你真是硬心肠,不懂得一点儿慈悲,这可怜的女人对你做了什么坏事,你要这个样子对待她?"

星孩儿气得涨红了脸,在地上跺着脚,说道:"你是什么人,竟然来质问我的事?我不是你的儿子,不必听你的吩咐。"

"你说的是实话,"樵夫答道,"可我当年在森林里发现你时,是对你施了怜悯的。"

那女人听到这番话,大叫一声,晕倒了。樵夫把她抱到自己家里,由他妻子照看着。她从昏厥中醒来后,他们把食

[①] 原文haggard,指乡村人家屋子和马厩之间的空地,用来拴家畜或堆粮垛。——译者注

物和饮料端到她面前,吩咐她宽心。

但她不吃也不喝,只对樵夫说道:"你是说,那孩子是在森林里发现的?是不是十年前的今天?"

樵夫答道:"是的,我是在森林里发现他的,正是十年前的今天。"

"你发现他时,有没有看到什么信物?"她哭着问道,"他脖子上有没有戴一根琥珀项链?有没有一件绣着星星的金线斗篷裹着他?"

"确实有,"樵夫答道,"和你说的完全一样。"他从柜子里取出斗篷和琥珀项链,拿给她看。

她看到这两个物件,快乐得哭了,她说:"我找到我失落在森林里的小儿子了。求你们快些把他叫回来,为了寻找他,我已经流浪着走遍了整个世界。"

于是樵夫和他的妻子出去叫唤星孩儿,对他说:"回到屋子里去,你会看到你的母亲,她在等你。"

于是他带着满腹的惊奇,高兴之极地跑进屋子。可是当他看见在屋子等他的人时,他轻蔑地笑起来,说道:"唔,我的母亲在哪儿呢?除了这个讨厌的女乞丐,我什么人也没有看见。"

女人回答他说:"我正是你的母亲。"

"你这样说真是疯了,"星孩儿愤怒地嚷嚷道,"我不是你儿子,因为你是个乞丐,你很丑,衣衫褴褛。所以你还是快走吧,别让我再看到你这张脏兮兮的脸。"

"不,你确实是我的小儿子,我在森林里生下来的,"她哭着说道,跪倒在地,向他伸出了双臂。"强盗把你从我身边掳走,扔在野外让你等死,"她喃喃地说着,"但我看见你时一眼就认了出来,而且我还认出了信物,这件斗篷和这条琥珀项链。所以我求你跟我来,为了寻找你,我已经流浪着走遍了整个世界。跟我来吧,我的儿子,因为我需要你的爱。"

可是星孩儿站在那儿一动也不动,对她关上了他的心灵之门。屋子里一片沉寂,只听得见那女人啜泣的声音。

最后他对她说话了,他的声音生硬而且严厉。"如果你真是我的母亲,"他说,"你最好还是远远地离开,不要到这儿来让我蒙羞。因为我一直以为我是星星的孩儿,不像你告诉我的那样,是一个乞丐的孩子。所以你赶快走吧,别再让我看见你。"

"唉!我的儿子,"她哭着说,"在我走之前,你不愿亲我一下么?我历尽千辛万苦才找到了你。"

"不,"星孩儿说,"你那么脏,简直都不能看,我宁愿亲吻蝰蛇或癞蛤蟆,也不要亲你,"

女人站起来,凄惨地哭泣着走出去,走进了森林。星孩儿看见她走了,就高兴起来,跑回到同伴中间去,要和他们一起玩耍。

但是他们看见他过来,就一起嘲笑他,说道:"哎呀,你和癞蛤蟆一样肮脏,像蝰蛇一样讨厌。快走开,我们不愿跟你一起玩。"他们把他赶出了花园。

星孩儿皱起眉头,自言自语道:"他们对我说的这是什么话?我要去水井边照一照,它会告诉我,我有多美。"

于是他来到水井边,朝井里面看。瞧啊!他的脸就像癞蛤蟆的脸,他的身体像蝰蛇一样长了鳞片。他扑倒在草地上哭泣着,自言自语道:"我身上发生这样的事,一定是因为我的罪孽。我不认母亲,把她赶走;我待她很傲慢,很残忍。所以我要走遍整个世界去寻找她,不找到她决不停歇。"

樵夫的小女儿走到他身边,把手放在他肩上,说道:"你失去了美貌,有什么关系呢?和我们待在一起吧,我不会挖苦你。"

他对她说:"不,我残忍地对待我的母亲,降临到我头上的这个恶运是对我的惩罚。所以我必须马上动身,走遍整个世界,直到我找到她、她原谅我为止。"

于是他跑进了森林,呼唤母亲出来见他,但是得不到回应。他呼唤了一整天,太阳落山后,他用树叶铺个了床,躺下睡觉。鸟兽们都从他身边逃走,因为它们都记得他的残忍。他孤孤单单,只有癞蛤蟆望着他,只有行动缓慢的蝰蛇从他身边爬过。

第二天早晨他起床后,从树上摘了些苦涩的浆果吃。他辛酸地哭泣着，穿过巨大的森林，往前赶路。无论遇到谁，他都向人家打听是否碰巧见过他的母亲。

他对鼹鼠说："你能在地下行走。告诉我，我母亲在地下么？"

鼹鼠答道："你弄瞎了我的眼睛。我怎么会知道呢？"

他对朱顶雀说："你能飞过参天大树的树顶，看见整个世界。告诉我，你看得见我母亲么？"

朱顶雀答道："你为了取乐剪断了我的翅膀。我怎么飞得起来呢？"

小松鼠住在冷杉树上，孤身一人。他对小松鼠说："我母亲在哪儿呢？"

松鼠答道："你已经杀死了我的母亲，也想杀死你自己的母亲么？"

星孩儿哭泣着低下头去，祈求上帝的生灵们宽恕他，然后继续在森林中穿行，寻找那个丐妇。第三天，他到达了森林的另一端，从山上下去，来到平原上。

他经过村子的时候，孩子们嘲笑他，向他扔石头。乡下人连牛棚里也不肯让他睡，生怕他身上带了霉菌，会传染给贮藏的谷物。他的模样太脏了，他们的雇工也来赶他走，没有一个人怜悯他。哪儿都打听不到一点那丐妇，也就是他母亲的消息。他已经在世界上漂泊了三年之久，时常恍惚看见她就在前方的路上，他呼唤她，追她，直到他的脚被尖利的硬物硌出血来。但他始终追不上她,那些住在路边的人,都不承认见过她或跟她相像的人,他们拿他的忧伤来消遣。

他在世界上漂泊了三年之久,在世界上没有得到过爱,也没有得到过慈爱或仁爱。但这样一个世界,正如同从前他不可一世的时候,他自己所创造的那个世界。

一天黄昏,他来到一座城墙坚固、傍河而筑的城池前。他很疲惫,脚又痛,但还是想进城门。守城的兵士把戟一横,拦住去路,粗暴地对他说:"你进城有什么事?"

"我在找我的母亲,"他答道,"求你放我进去,因为她有可能就在这城里。"

但是他们挖苦他,其中一个兵摇晃着他那副黑胡须,放下盾牌,嚷道:"其实呀,你母亲看见你不会感到快乐的,因为你比沼泽里的癞蛤蟆更丑,比湿地上爬行的蝰蛇更难看。走开,走开。你母亲不住在这城里。"

另一个兵,手里拿着一杆黄色旗子的,对他说:"你的母亲是谁,你为什么要找她?"

他答道:"我母亲就像我一样,是个乞丐,过去我待她很坏,求你准我进去,如果她正好待在这城里,也许她会宽恕我。"但是他们不肯放行,还用长矛来戳他。

他哭着转身走开后,一个甲胄上嵌着金色花朵、头盔上卧着一头长翅膀的狮子的人走过来,向兵士们询问刚才什么人想进城。他们对他说:"是一个乞丐,而且是一个女乞丐的儿子,我们把他赶走了。"

"不,"他笑着大声说道,"我们把那脏货当奴隶卖了,可以卖到一碗甜酒的价钱。"

一个面貌凶恶的老头儿正好路过,他大喊一声,说道:"我愿意出这个价钱买他。"他交钱之后,用手拉住星孩儿,领着他进了城。

穿过许多条大街之后,他们来到一个小门前。那门开在石榴树盖荫庇下的一面墙上,老头儿用一枚雕花碧玉戒指触了一下,它就开了。他们走下五级黄铜台阶,来到一个长满黑色罂粟、放着许多绿色瓦罐的花园里。接着,老头儿从缠头巾里抽出一条花纹绸巾,用它扎住星孩儿的眼睛,驱赶着他在前面走。绸巾从眼睛上取下之后,星孩儿发现自己在一间地牢里,一盏牛角灯笼在里面照着亮。

老头儿用一个木盘子盛了几块发霉的面包,放在他面前:"吃吧。"又放了一杯带咸味的的水:"喝吧。"他吃过喝过之后,老头儿走出去,随手锁上门,并且用铁链子把门拴牢。

那老头儿,其实是利比亚魔术师中技艺最精湛的一个,他的本事是跟住在尼罗河坟墓里的老法师学的。翌日,他来到地牢,皱起眉头看着星孩儿,说道:"这个邪教徒[①]之城的城门外不远有一片树林,里面有三块金币。一块是白金币,

---

[①] 穆斯林对非伊斯兰教徒的蔑称。——译者注

另一块是黄金币，第三块金币是红的。今天你去把白金币给我取来，如果你不把它拿回来，我就抽你一百鞭子。赶快去，日落的时候我在花园门口等你。你务必要把白金币取来，否则会对你不利，因为你是我的奴隶，我花了一碗甜酒的价钱把你买来的。"他用花纹绸巾扎住星孩儿的眼睛，领着他穿过屋子，穿过罂粟花园，上了五级黄铜台阶。他用戒指打开小门，把星孩儿搁在了大街上。

星孩儿走出城门，来到魔术师对他说的那片树林跟前。

从外面看，此刻这片林子很美。树林里似乎满是唱歌的鸟儿和芬芳的花朵，星孩儿很高兴地走了进去。但是它的美对他并没有什么好处，因为无论他走到哪里，都有毛糙的欧石南和荆棘从土中一下子冒出来，把他围住。邪恶的荨麻用刺扎他，蓟草用她的匕首戳他，弄得他痛苦不堪。他从早晨找到中午，从中午找到日落，哪儿也找不到魔术师所说的白金币。日落时分，他把脸转过去，朝着回去的方向，凄惨地哭泣着。因为他知道，什么样的命运在等待着他。

但他走到林子边缘时，听见灌木丛中一声叫，好像是什么人在痛苦地哭喊。他忘记了自己的忧愁，跑回到灌木丛跟前，看见一只小野兔被猎人下的套子夹住了。

星孩儿同情它，把它放了，对它说："我自己只是个奴隶，但也许能还你自由。"

野兔回答了他，它说："你确实给了我自由，我拿什么来报答你呢?"

星孩儿对它说:"我在找一块白金币,却哪儿也找不到。如果我不能带着白金币回去,我的主人会打我。"

"跟我来,"野兔说,"我带你去找,因为我知道它藏在什么地方,有什么用。"

于是星孩儿跟着他走了。瞧!在一棵大橡树的裂缝里,他看见了他正在寻找的白金币。他满心欢喜地把它抓在手里,对野兔说:"我为你做了一件小事,你还给我许多倍;我对你行了一点善,你报了一百倍的恩。"

"不,"野兔答道,"只是你怎样待我,我就怎样待你罢了。"说完它就迅速跑开了,星孩儿向城里走去。

城门口坐着一个人,一个麻疯病人,脸上垂着一顶灰色的亚麻布蒙头兜帽。透过兜帽上的两个小孔,他的眼睛像烧红的煤一样放着光。看见星孩儿走过来,他便敲着木碗,摇着铃铛,对星孩儿喊叫着,他说:"给我一块钱吧,否则我就要饿死了。他们把我扔出了城,没有一个人同情我。"

"唉!"星孩儿嚷道,"我钱袋里只有一块钱,如果我不把它带回去给我的主人,他就会打我,因为我是一个奴隶。"

但是麻疯病人乞求他,祈求他,最后星孩儿动了怜悯之心,把白金币给了他。

他来到魔术师的屋子跟前,魔术师给他开了门,带他进去,对他说:"你把白金币带回来了么?"星孩儿答道:"我没有。"于是魔术师扑到他身上,打了他,然后在他面前放一只空木盘子,对他说:"吃吧。"又放了一只空杯子,对他说:"喝吧。"然后再次把他投进地牢。

翌日,魔术师来到地牢,对他说:"如果今天你不把黄金币给我带回来,我一定把你当奴隶对待,抽你三百鞭子。"

于是,星孩儿去了那片树林,一整天在里面寻找黄金币,但是哪儿也找不着它。日落时他坐下来,开始哭泣。他正哭着,他从套子里救下的那只小野兔来了。

野兔对他说:"你为什么哭呢?你在树林里寻找什么?"

星孩儿答道:"我在找藏在这儿的一块黄金币,如果找不到,我的主人就会打我,把我当奴隶对待。"

"跟我来,"野兔喊道,它在树林中穿行着,最后来到一个水潭旁边。黄金币就躺在潭底。

"我怎样谢你呢?"星孩儿说,"你瞧,这是你第二次解救我了。"

"不,是你先对我动怜悯之心的,"野兔说,然后迅速地跑开了。

星孩儿取出黄金币,把它放进钱袋里,急匆匆向城里走去。但是麻疯病人看见他过来了,就迎着他跑上前去,跪下来哭喊着:"给我一块钱吧,否则我就要饿死了。"

星孩儿对他说:"我钱袋里只有一块钱,如果我不把它带给我的主人,他就会打我,把我当奴隶对待。"

但是麻疯病人苦苦地乞求他，于是星孩儿动了怜悯之心，把黄金币给了他。

他来到魔术师的屋子跟前，魔术师给他开了门，带他进去，对他说："你把黄金币带回来了么？"星孩儿对他说："我没有。"于是魔术师扑到他身上，打了他，然后给他戴上锁链，再次把他投进地牢。

翌日，魔术师来到地牢，对他说："如果今天你把红金币带回来给我，我就把你放了；不过如果你拿不回来，我就杀了你。"

于是，星孩儿去了那片树林，一整天在里面寻找红金币，但是哪儿也找不着它。黄昏时他坐下来，开始哭泣。他正哭着，小野兔来了。

野兔对他说："你寻找的红金币，就在你身后的洞穴里。所以别哭了，高兴起来吧。"

"我怎样报答你呢？"星孩儿嚷道，"你瞧，这是你第三次解救我了。"

"不，是你先对我动怜悯之心的，"野兔说，然后迅速地跑开了。

星孩儿走进洞穴，在它最里面的一个角落里，找到了红金币。他把它放进钱袋里，急匆匆向城里走去。麻疯病人看见他过来了，就站在路中央，哭叫着，对他说："把红金币给我，否则我就会死的。"星孩儿又对他动了怜悯之心，把红金币给了他,并且说道:"你的需求比我的重要。"可他的心很沉重,因为他知道,什么样的厄运在等待着他。

可是瞧啊!当他穿过城门的时候,守城的兵士对他鞠躬,向他敬礼,说道:"我们的王多么美!"一群市民跟在他身后,喊叫着:"全世界肯定没有人像我们的王一样美!"星孩儿被弄得哭起来,他对自己说:"他们在嘲笑我,在蔑视我的不幸。"聚拢来的人太多了,他在人流中迷了路,最后发现自己来到了一个巨大的广场上,广场上矗立着一座王宫。

王宫的大门打开了,神父们和城里的高官们跑上前来迎接他。他们在他面前卑躬屈膝,说道:"你是我们的王,我们一直在等待你,你是我们国王的儿子。"

星孩儿回答了他们,他说:"我不是国王的儿子,而是一个贫苦的女乞丐的孩子。我知道自己很难看,你们怎么说我美呢?"

这时,那个甲胄上嵌着镀金的花朵、头盔上卧着一头长翅膀的狮子的人,举起盾牌,大声说:"我们的王怎么说自己不美呢?"

星孩儿向盾牌望过去,瞧啊!他的脸完全和从前一样了,他的美貌恢复了,并且,他看见自己眼睛里,有了一种先前从未见过的东西。

神父们和高官们跪下来,对他说道:"古老的预言里说过,将要统治我们的人会在今天来到。所以,请我们的王接受这

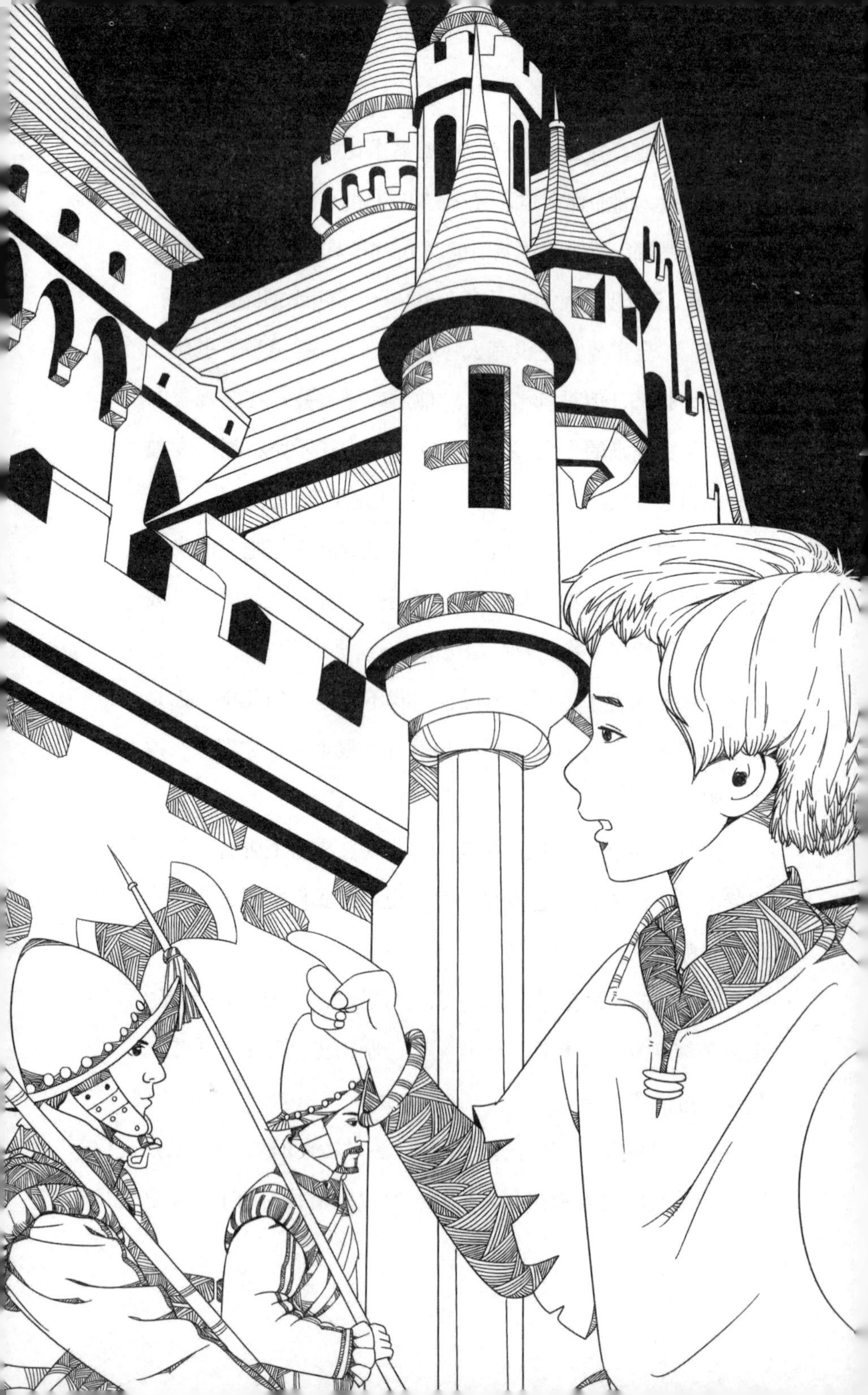

王冠和这权杖,以他的公正和仁慈来做我们的国王吧。"

但是他对他们说:"我不配,因为我不认我的生身母亲,只有找到她并且得到她的宽恕,我才可以停歇。所以,请让我走吧,因为我必须再一次走遍世界。虽然你们给我带来了王冠和权杖,我也不可以在这里停留。"他一边说,一边把目光从他们身上移向通往城门的那条大街,瞧啊!在兵士们周围拥挤着的人群中,他看见了那个是他母亲的丐妇,她旁边站着那个曾经坐在路旁的麻疯病人。

从他嘴里迸发出一声快乐的大叫,他奔过去,跪下来,吻他母亲脚上的伤口,用他的泪水浸湿了它们。他把头低俯在尘埃,抽泣着,像一个心碎了的人那样,对她说:"母亲,在我得意的时辰我不认你。请在我谦卑的时辰接受我吧。母亲,我给过你憎恨。请给我爱吧。母亲,我拒绝过你。现在请接受你的孩子吧。"但是丐妇没有回答他一个字。

他伸出手去,抓住麻疯病人苍白的脚,对他说:"我向你施过三次仁爱。请你叫我母亲对我说一句话吧。"但是麻疯病人没有回答他一个字。

他再次抽泣起来,说道:"母亲,我受的苦太大了,我已经不能承受。请你宽恕我,让我回到森林里去吧。"丐妇把她的手放到他头上,对他说:"起来。"麻疯病人也把他的手放到他头上,对他说:"起来。"

他站起身来,望着他们,瞧啊!他们是国王和王后。

王后对他说："这是你父亲，你解救过他三次。"

国王对他说："这是你母亲，你用泪水洗过她的脚。"他们一把抱住他的脖颈，吻了他。他们带他走进王宫，给他换上漂亮衣服，将王冠戴到他头上，把权杖放到他手中。于是他统治了这个矗立在河边的城，成了它的王。他向所有的人显示公正和仁爱，将邪恶的魔术师驱逐出城，给樵夫和他的妻子送去了丰厚的礼物，并赐给他们的子女很高的荣宠。他授民以爱、慈爱和仁爱，不允许任何人残忍地对待鸟兽。他给穷人以面包，给赤身者以衣履，境内的人民过着和平富足的日子。

但是他并没有统治很久。他受过的苦太大，他经历的磨炼和煎熬太严酷，三年后他就死了。他的继位者是一个很坏的国王。